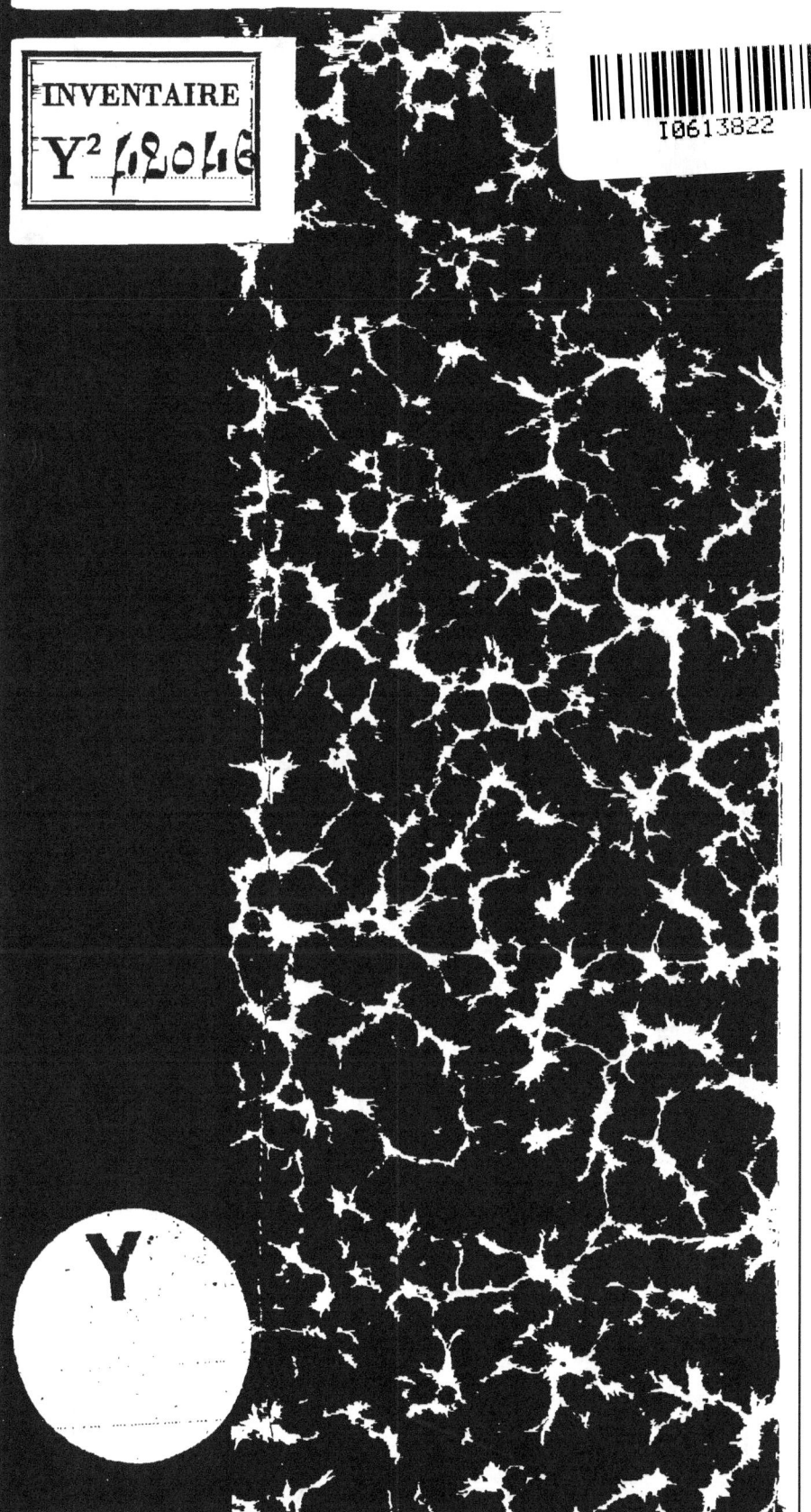

HISTOIRE
D'ALBERT,
OU
LES SOUVENIRS
D'UN JEUNE HOMME.

HISTOIRE
D'ALBERT,
OU
LES SOUVENIRS
D'UN JEUNE HOMME.

Prix, 1 fr. 20 cent., et pour les Dépar-
temens , 1 fr. 60 cent.

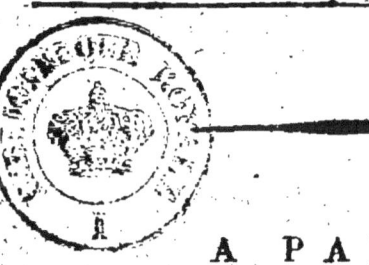

A PARIS,

Chez LEFORT, libraire, rue du Rempart-
St.-Honoré, en face du Théâtre de la Répu-
blique, n°. 961.

An XI. — 1802.

ERRATA.

Page 12 , *ligne* 15 , je ne m'étais satisfait , *lisez :* je n'étais satisfait.

Page 24 , *ligne* 11 , dont les chevaux
l'avaient heurté ! *au lieu du point
d'exclamation , mettez* point et virgule;

Page 56 , *lig. première* , cherchait les
amusemens et le plaisir dans mille jeux
différens sous les allées verdoyantes,
lizez : et le plaisir dans les allées
verdoyantes.

HISTOIRE D'ALBERT,

OU LES SOUVENIRS

D'UN JEUNE HOMME.

A C*** F***.

JE vous ai promis le récit de mes souvenirs, et je viens tenir ma promesse : j'espère qu'après avoir connu l'histoire de mes premières années, vous approuverez ma résolution de demeurer à l'hermitage, et la préférence que je lui donne sur Paris même.

Mon père était très-lié avec un de ses parens, M. Delano.

ERRATA.

Page 12, *ligne* 15, je ne m'étais satisfait, *lisez :* je n'étais satisfait.

Page 24, *ligne* 11, dont les chevaux
l'avaient heurté ! *au lieu du point
d'exclamation, mettez* point et virgule;

Page 56, *lig. première*, cherchait les
amusemens et le plaisir dans mille jeux
différens sous les allées verdoyantes,
lizez : et le plaisir dans les allées
verdoyantes.

L'intimité qui régnait entre eux, existait entre Madame Delano et ma mère, et unissait également leurs enfans ; Henri et Sophie Delano m'étaient aussi chers que ma sœur Caroline, qui ne les distinguait pas de moi.

Nous avions perdu, dès l'âge le plus tendre, un oncle chéri; son fils était élevé avec moi. Ma tante, que pendant longtems rien ne put distraire de sa douleur, était hors d'état de s'occuper de son éducation. Aussi, mon père voyait-il un autre fils en Auguste ; et moi, un frère chéri. Notre famille était donc composée de trois familles différentes; les soins des parens s'étendaient également sur tous les enfans; Henri et Sophie Delano, Auguste, ma sœur Caroline et moi, reconnaissions cinq parens au lieu de deux.

Nous habitions Paris dans le voisinage les uns des autres; et pour surcroît de bonheur, nos principales possessions s'avoisinaient aussi, non loin des sites enchanteurs des environs de Tours. Les enfans étaient toujours ensemble; nous formions ce que l'on appelait la petite *Colonie*. Nous n'étions que cousins, mais cette parenté nous paraissait

être la même quel celle de
frère ou de sœur ; ce ne fut
que longtems après, lorsque
l'âge eût un peu mûri nos
idées, que nous comprîmes
la différence. La famille n'é-
tait séparée que pendant quelques jours de l'année, employés à faire le voyage de
Touraine ; hors cette époque,
nous ne nous quittions presque jamais. Dans les réunions
de nos parens, nous avions
une place à part ; c'est là que
la petite Colonie se livrait à
ces amusemens innocens et
bruyans, qui nous attiraient
l'attention, et souvent l'ap-
probation de nos amis ; quel-

quefois nous obtenions la permission de faire venir le maître de danse, et c'est alors que
notre joie était extrême, que
nous étions réellement heureux. Vanité ! honneurs ! pouvoir ! Qu'êtes-vous auprès de
cette joie si naïve, cette satisfaction entière, ce contente-
ment de l'âme, partages seulement de l'innocence ou de
la bonté parfaite ?

Nos inclinations, qui s'é-
taient manifestées depuis le
berceau, et qui s'étaient constamment fortifiées, deve-
naient plus sérieuses. Nous
ne nous étions jamais parlé
de nos sentimens réciproques,

nous ne nous en appercevions
même pas ; mais dans nos petits jeux où il fallait se par-
tager ; dans nos danses, et
sur-tout dans nos petites dis-
cussions, on découvrait aisé-
ment, que ce que nous appel-
lions nos préférences, s'était
converti en des sentimens
plus forts. L'un de nous ne
manquait jamais seul à la réunion de la petite Colonie, et
sitôt qu'on s'en appercevait,
on ne tardait pas à le voir
arriver avec l'autre. Ma sœur
avait toujours eu pour Auguste une préférence mar-
quée ; non-seulement elle ne
le cachait pas, mais l'idée ne

lui en était jamais venue. Moi, j'aimais Sophie Delano; elle voyait en moi un frère, un ami tendre et véritable; plus nous grandissions, plus notre intimité prenait une force, une consistance, inconnues à l'âge que nous avions l'un et l'autre. Ce tems est déjà bien loin, et cependant je l'aime comme alors, je l'aimerai toujours de même. Oh! non, ce n'est point dans l'imagination que sont mes sentimens; je puis m'en rendre compte aujourd'hui, que je connais et les hommes et la société; je puis expliquer comment, dès l'âge le plus

tendre, je ne pouvais quitter
Sophie. Lorsque l'on avait besoin de moi à la réunion de
la Colonie, et qu'on l'avait
apperçue, il n'était pas besoin
de me chercher ; on m'appelait, et je répondais d'auprès
d'elle : Eh ! où aurais-je été
mieux ! il n'y avait point de
conversation que j'aimasse autant que la sienne , point de
vue qui me parût plus agréable ; toutes mes pensées, mes
idées , mes sensations , lui
étaient connues ; je ne m'étais
satisfait qu'après lui avoir con-
fié tout ce qui se passait en
moi ; et moi, je lui étais également nécessaire ; j'en avais

la conviction. On dit que lorsque nous étions encore au
berceau l'un et l'autre, nous
aimions à être réunis ; nous
pleurions , nous nous plai-
gnions , quand on nous sépa-
rait ou qu'on faisait cesser nos
jeux.

Mes parens voyaient avec
joie se former des liaisons qui
répondaient si bien à leurs
vues et à leurs espérances.
Rien ne semblait pouvoir les
troubler.

Dès le printems, nous par-
tions pour la Touraine. Comme nous nous plaisions à notre
arrivée à raconter les événemens du voyage ! Avant de

partir, nous nous promettions de penser l'un à l'autre à un instant donné du jour, et de nous écrire. Les accidens du voyage faisaient qu'on ne s'écrivait pas ; mais au lieu de penser à ses amis un instant chaque jour, on y pensait à chaque instant. Arrivés, et réunis à la campagne, on nous laissait plus maîtres de nos pas, nous faisions des promenades lointaines. Quelquefois tout le monde allait à Tours, où nous recevions des fêtes ; Auguste, Henri et moi, nous obtenions de suivre les voitures à cheval. D'autres fois nous nous y rendions par

la Loire, et de toutes les ma-
nières, la joie, la satisfaction
nous suivaient.

Mon père voulait que nous
eussions toujours sur nous les
moyens de secourir les infir-
mes ou les parens nécessiteux ;
« donnez peu, nous disait-il ;
mais ne refusez pas, n'ayez
jamais la cruauté de repousser
la main suppliante qui ré-
clame ce que vous ne vous
refuseriez pas pour le plus
petit caprice. Si le pauvre que
vous rencontrez est réellement malheureux, quel crime
de lui refuser un service aussi
léger ; si ce n'est qu'un vaga-
bond, comme il vous est in-

connu, la seule crainte qu'il
ne le soit pas, doit vous porter
à le secourir. » Aux conseils
qu'il nous donnait, il joignait
l'exemple. Les familles néces-
siteuses qui étaient dans notre
voisinage, soit à Paris, soit en
Touraine, étaient secourues
par ses bienfaits; une grande
partie de notre fortune était
sévèrement destinée à cet usa-
ge; il n'était point d'indigens
autour de nous qui nous fussent inconnus. Les gens de la
maison étaient les premiers,
l'objet de notre sollicitude, et
aucun d'eux n'était reçu, s'il
n'avait l'estime et l'amitié de
sa pauvre famille.

M. Delano, ma tante, agis-
saient de même ; ces usages
étaient établis de tems immé-
morial, et jamais ils n'avaient
été supprimés. Il n'existait
point de familles plus unies ;
le goût, l'opinion, la manière
de vivre des uns était celle
des autres, et non-seulement
notre éducation, mais encore
nos progrès étaient calculés et
conduits de manière à ne pouvoir pas contrarier l'intimité
et l'égalité qui régnaient entre nous.

Comment pourrais-je ou-
blier des momens si doux, si
chers, et passés si promptement ! aucune particularité,

I *

aucun incident, quelque petit qu'il soit, ne m'est échappé; le souvenir de mes anciennes sensations est le bien le plus précieux qui me reste; il me rendrait heureux si l'illusion était plus longue, si je pouvais toujours rêver.

La dernière fois que nous fûmes à la campagne (c'était au commencement de la révolution), nous étions partis de Paris de très-bonne heure; la saison fut la plus belle possible; jamais le tems ne m'avait paru si beau, et la nature d'une fraicheur et d'un brillant aussi constant. Nous avions l'habitude de nous pro-

mener pendant une partie de
ces belles nuits, où la sérénité
de l'air, la clarté de la lune
et le silence universel, invi-
tent tant à la confiance et à
la mélancolie ; c'est dans ces
petites courses que quelqu'un
de nos parens prolongeait nos
plaisirs par une de ces historiettes simples, faciles et vrai-
semblables, que nous croyions
faite seulement pour l'amu-
sement de toute la société ; et
qui, sans que nous nous en
doutassions, l'était encore plus
pour notre instruction. J'ai été
pénétré de respect, et d'une
nouvelle reconnaissance pour
mon père, lorsque j'ai appris

par la suite que les accidens
qui nous arrivaient dans nos
promenades, les rencontres
où le naturel devait néces-
sairement se montrer, avaient
été dirigés par lui.

Imaginez le plus beau pay-
sage possible. La maison était
bâtie à côté d'un lac spacieux,
et à quelques distances d'un
rideau couvert de bois entre-
coupés par des jardins frui-
tiers, par des prairies et de
riches fermes. Le vallon au
miliéu duquel était située la
maison, s'étendait entre le
lac et la petite rivière de
Bienne, qui se jette dans la
Loire, à deux lieues de là,

après un cours fort tortueux.
La végétation était , dans sa
plus grande force dans cette
riante contrée : de quelque
côté que nous vinssions à di-
riger nos pas , nous voyions
ou la gaieté franche des pay-
sans , et leur aisance , ou le
brillant et la richesse de la nature. Le jour était à peine sur
la cîme des arbres , que nous
nous élancions dans la campagne avec des cris de joie.
On aurait cru que notre maison nous déplaisait ; mais non ,
car nous y rentrions le soir
avec la même gaieté.

Un jour nous entreprîmes
une promenade lointaine. Le

soleil ne paraissait pas encore, et nous étions déjà dans les champs. Avec quel plaisir nous observions les progrès du crépuscule ! A une première lueur, succédait une lueur plus claire ; et à celle-ci, une autre animée par les premières étincelles du jour. A mesure que le soleil se montrait sur l'horison, toute la partie de l'est s'embrâsait ; à chaque instant, à chaque nuance différente du ciel, nous croyions respirer un air plus frais, plus pur et plus agréable. L'occident recevait des rayons plus doux ; ils animaient d'un aspect riant la nature qui nous entourait ;

et aux couleurs incertaines
de l'aurore succédait enfin la
couleur céleste des beaux
jours; le soleil échauffait les
plantes nouvelles, comme il
dessillait nos yeux et répandait dans nous-mêmes une al-
légresse consolante. Nous re-
voyions le toît où nos amis
étaient encore endormis, et
le sol, théâtre de nos amusemens, comme après une longue absence, ou avec le plaisir
que nous avions à nous revoir,
lorsque nous avions été sépa-
rés quelque tems.

Nous arrivâmes sur les bords
de la Loire; nous traversâmes
la rivière en bateau, et pro-

longeâmes notre course jusqu'au grand chemin, ce qui
nous était bien sévèrement
défendu. Nous rencontrâmes
une de ces pauvres femmes
qui se tiennent sur la route
pour vendre des fruits aux
voyageurs; elle se lamentait
en accusant les postillons de
la diligence, dont les chevaux l'avaient heurtée : son
panier était tombé; tout ce
qu'il contenait avait été roulé
dans la poussière, et écrasé
par les chevaux et les roues
de la voiture. Ses pleurs nous
touchèrent vivement; chacun
de nous avait quelqu'argent
destiné aux pauvres, ou pour
les

les petits amusemens du mois ;
nous le donnâmes à la bonne
femme, dont la perte se trouva
plus que réparée. Elle défit
aussitôt son tablier, et nous offrit deux petites boites qu'elle
avait en réserve ; mais nous
ne voulûmes pas les accepter,
et nous nous hâtâmes de rentrer à la maison, affligés d'a-
voir dépassé les limites qu'on
nous avait prescrites, et du
malheur de la bonne-femme
que nous n'osions nous flatter
d'avoir assez diminué.

Le soir, quelque tems avant
souper, toute la maison fit une
promenade ; nous suivîmes.
Maman attira bientôt toute

notre attention , au moyen
d'une de ces historiettes qu'elle
raconte avec tant de grâces.
Ce soir-là, elle fit durer le petit conte plus que de coutume.
Il y avait près d'une heure
que nous marchions; la lune
dessinait tristement sur l'om-
bre , la masse des bois et des
fermes : elle perdait pourtant
sa pâleur dans les eaux du lac,
qu'elle rendait brillantes. Tout
était calme ; le bruissement des
insectes, les cris lugubres des
animaux nocturnes , qui par
intervalle se faisaient entendre , loin de troubler la soli-
tude , semblaient avertir de
ne point l'interrompre.

Cependant, personne ne proposait de faire halte, ni de retourner. Ma tante voulut essayer de le faire, mais elle fut interrompue par les cris et les caresses de la petite Colonie, impatiente de connaître la suite de l'histoire ; elle finit comme nous arrivions sur les bords de la Loire, à côté de la presqu'île, dite du Printems, parce que, excepté le milieu de l'hiver, elle est constamment couverte de verdure et de fleurs. La petite Colonie observa alors que le moment du souper était passé, qu'il fallait une heure pour retourner ; on témoigna le désir de

faire une légère collation. Un
instant après nous decouvrî-
mes un bateau sur le rivage
opposé de l'île ; une femme
s'avança et nous offrit des pois-
sons grillés, des gâteaux et des
fruits. Quel fut notre étonne-
ment en reconnaissant la pauvre femme de la grande route?
Cependant elle ne dit rien de
son aventure, mais sa présence
nous rappela notre faute, et
nous en fîmes l'aveu à haute
voix. J'avais bien peur qu'on
ne le reçût sévèrement: Sophie
aurait été bien grondée ; c'est
elle qui avait commencé à
passer l'eau ; mais ce fut elle
aussi qui nous décida à avouer

notre faute. On nous pardonna
sans peine et sans affectation ,
en nous faisant remarquer que
nous nous étions bien exposés,
et promettre de ne point réci-
diver. Le souper fut reçu avec
joie, et nous rentrâmes à la
maison plus joyeux, plus sa-
tisfaits qu'au sortir de la fête
la plus brillante et la plus
pompeuse.

Longtems après, mon père
me rappela cette soirée ; il
m'étonna en m'apprenant que
la rencontre de la vieille à la
petite île du Printems, et le
souper, avaient été préparés
par ma mère ; on avait soumis
nos caractères à une petite

épreuve, en faisant reparaître
la vieille femme, et cela au
milieu d'une espèce de fête ;
sa présence nous rappela notre faute, et le besoin que
nous avions de pardon. Mon
père aurait été très - fâché,
m'a - t - il dit dans la suite,
qu'elle n'eût rien produit ;
mais il nous connaissait trop
bien pour se tromper sur la
manière de nous conduire.
Combien de remercîmens nos
parens reçurent de nous !
Comme nos caresses devaient
les toucher ! elles partaient du
cœur, nous devenions meil-
leurs après cette petite leçon,
et nous recevions une nouvelle

preuve de la bonté de nos amis.

C'est ainsi qu'ils nous maintenaient bons, sensibles et vertueux , et qu'ils se faisaient chérir chaque jour davantage. Mes amis, je ne puis plus vivre aujourd'hui au milieu de vous, mais au moins je vivrai et mourrai au milieu des souvenirs de votre amitié.

Dans quel état de sérénité nous étions alors ! Nous ne pensions pas à la mort ; ainsi nous ne voyions rien qui pût s'opposer à la félicité commune. Hélas ! aucun de nous n'avait jamais ouï retentir ce cri terrible : *Révolution* ! au-

cun de nous ne savait ce qu'il
a d'allarmant. Aimables com-
pagnons de mon enfance ,
bons amis, adieu. Les heu-
reuses rives de la Loire ne
vous reverrons plus réunis;
le tocsin révolutionnaire a
sonné ! Voyez-vous ces châ-
teaux embrâsés; plus loin des
milliers de furieux, qui, le
fer et la flamme à la main,
viennent jusque dans les villes
immoler tout ce qu'ils rencon-
trent ; ils cherchent et deman-
dent la liberté , l'équité, l'é-
galité ! Grands dieux ! la raison n'est-elle pas le fruit de la
sagesse et de la réflexion ? A
quoi donc sert tout le mal que
leur furie nous cause ?

Mon père et M. Delano fu-
rent appelés à l'assemblée ;
nous revînmes à Paris. Ma tante
seule fut obligée de rester en
Touraine ; il fallut nous sé-
parer d'elle et d'Auguste ; nos
adieux eurent quelque chose
de triste , que je ne pouvais
définir.

Arrivés à Paris, mon père
et M. Delano ne tardèrent pas
à se ranger du côté des gens
sages, qui demandaient la ré-
pression des abus, mais l'affer-
missement du trône. De tous
les gouvernemens, le monar-
chique modéré est celui qui
procure le plus de liberté sta-
ble, de tranquillité et de sû-

reté. Cette opinion a été con-
firmée par l'exemple des tems
passés, puisqu'après des essais
multipliés, après des luttes
longues et sanglantes, tous les
peuples y sont revenus, et
qu'ils ont inutilement cherché
à établir, sur des bases soli-
des, les principes de l'indé-
pendance et des droits natu-
rels, établissement qui serait
en effet la perfection du gou-
vernement, s'il était pratica-
ble dans une grande société,
où les sages n'ont pas assez
d'influence, et où leur nombre
n'est pas en rapport avec celui
des ambitieux, des fous et des
méchans. Par quelle fatalité

faut-il donc que notre seule expérience nous serve, et que celle du passé ne nous touche point ?

Les fous, les méchans, les ambitieux d'alors, dépassèrent bientôt la route que les sages avaient tracée ; les déborde-mens révolutionnaires s'orga-nisèrent, et succédèrent au premier enthousiasme; on ne s'occupa plus de modifier ; la vengeance et la destruction étaient le seul but des ambi-tieux. Semblables aux tyrans endurcis au crime, ils com-mencèrent par assassiner ceux qui pouvaient leur porter le moindre ombrage, ou qu'ils

ne pouvaient gagner.... Sanglantes journées de septembre, que votre souvenir s'ef-
face à jamais de la mémoire de
tous ceux qui redoutent d'être
conduits à la vengeance , par
les sentimens de l'indignation
et de l'horreur portées à leur
comble. Puissent les malheurs
de ces jours déplorables, être
considérés comme l'effet d'un
poison répandu dans l'atmosphère , qui porta la rage dans
le sang de tout ce qui n'avait
pas une santé parfaite.... Le
roi était assassiné.... On en-
trevit l'abîme ; il n'était plus
tems.... Les plus fermes des
sages durent chercher leur sa-

lut dans une fuite qui ne pouvait plus être honteuse. Oh !
qui pourra décrire ce qui se
passait alors ? Quoique cela
soit difficile , dans quelque
tems il le sera encore plus de
le croire. La rage révolutionnaire, la rage du crime, s'était
emparée de tout ce qui n'était
pas réellement vertueux. Les
fils faisaient emprisonner leurs
pères ; les parens assistaient au
supplice des leurs ; les valets
dénonçaient leurs maîtres.
Dans ces horribles momens
de convulsion, on ne rencon-
trait que la férocité, le crime
dans toute sa force, le vice
dans toute son horreur, et la

vertu marchant en triomphe
au supplice, ou se cachant au
milieu des pleurs.

Nous avions été tous dispersés par cet affreux ouragan,
et nous nous cachions, mon
père et moi, dans les environs de Lyon. Quel spectacle
que celui des rives de la Saône!
autrefois l'humeur hospita-
lière de ses habitans, était
leur moindre vertu; les villes
et villages nombreux qui les
peuplent, étaient le foyer de
la gaieté la plus franche; les
fontaines étaient entourées de
jeunes filles, les routes cou-
vertes de voyageurs indus-
trieux, et les champs, d'agri=

culteurs honnêtes..... Alors,
le silence et la mort régnaient
dans toutes les habitations; les
fontaines étaient désertes; les
monstres de septembre couvraient encore les routes; dé-
colletés et les brads nuds, ils
tenaient encore le fer sanglant
à la main, et remplissaient
l'air de leurs vociférations;
les villages ressemblaient à
des déserts, et les villes à de
grands cimetières; l'échafaud
sanglant était seul debout,
il annonçait :..... *le règne
de la terreur !!!* ....

Il y avait bien longtems
que nous nous étions sauvés de
Paris, et nous n'avions pu

nous procurer que des nouvelles indirectes de nos amis.
Enfin ils parvinrent à envoyer
une lettre à mon père; elle
était de ma mère, la voici :

« La mort est avec nous,
» prête à nous saisir à chaque
» instant; nous sommes tous
» condamnés. O mon ami! le
» même tombeau renferme-
» rait bientôt toute la famille,
» si l'incomparable femme qui
» nous protège , cessait de
» nons donner ses soins. Pour-
» quoi ne nous étions nous
» pas préparés à cette lon-
» gue et affreuse séparation ?
» Il est un terme aux souf-
» frances et à la douleur. Me-

» nacée continuellement de
» la mort, je ne la crains plus;
» loin de là, j'ai de la peine à
» m'empêcher de courir au-
» devant d'elle. Qui sait si je
» ne succomberai pas un jour
» à tous nos maux? Non, je
» trouverai toûjours la force
» de les supporter, dans la
» conviction où je suis, que
» mon existence est néces-
» saire à nos enfans. Hélas !
» le sort nous ménagera-t-il
» longtems , quand il n'é-
» pargne nullement nos autres
» parens. Le grand-père d'Au-
» guste n'est plus; il était sau-
» vé ; l'honnête geolier lui
» avait facilité les moyens de

2 *

» s'évader ; mais au milieu de
» la retraite où il était fort.
» bien caché, il apprit que le
» geolier avait été arrêté et
» condamné à périr à sa place.
» Alors, rien ne put le rete-
» nir ; il s'arracha des bras de
» ses parens, et courut se
» constituer prisonnier ; le
» geolier fut sauvé, mais lui,
» il périt le lendemain.

» Sa mort fut bientôt suivie
» de celle de son fils et de sa
» nièce, Édouard et Adé-
» laïde ; ils devaient être unis
» lorsque les troubles com-
» mencèrent. Ils ont eu vingt-
» quatre heures de souffrances
» horribles, mais ils sont morts

» ensemble. J'ai failli les sui-
» vre. Déguisée sous le cos-
» tume de la fille de notre
» pauvre hôtesse ; j'avais été
» à l'abbaye, j'espérais par-
» venir jusqu'à Adélaïde ; on
» me renvoya brutalement.
» On m'apprit que le jeune
» Édouard avait repoussé les
» gendarmes qui avaient été
» le prendre avec sa cousine
» pour les mener à l'écha-
» faud. Adélaïde était comme
» insensée depuis la mort de
» son oncle , et cette vue a-
» jouta encore à l'exaltation
» douloureuse de son cousin ;
» il se jeta sur les gendarmes,
» il désarma le premier ; le

» geolier et deux autres tom-
» bèrent sous ses coups ; le
» premier a dit-on été tué.
» Lorsque j'arrivai auprès de
» l'abbaye, tout était en con-
» fusion, j'avais de la peine à
» m'en éloigner. J'étais au
» moment de me jeter dans
» la prison, et d'aller encou-
» rager ces deux infortunés,
» lorsque j'entendis un cri res-
» semblant à la voix de Ca-
» roline, il m'a rappelé à moi,
» et j'ai quitté ce détestable
» lieu. Non loin de-là, j'ai
» trouvé ma bonne hôtesse
» qui venait à ma rencontre,
» de crainte que ma douleur
» ne me trahît : elle arriva

» à propos ; j'étais chance-
» lante ; ce que j'avais ouï
» à l'abbaye m'avait forte-
» ment émue. Nous nous re-
» posâmes une demi - heure
» chez Adrienne, (c'est le
» nom de ma protectrice);
» nous reprîmes ensuite notre
» chemin ; mais en traversant
» la rue Saint-Honoré, un
» cortège nombreux nous joi-
» gnit. Que devins-je, en re-
» connaissant Adélaïde, as-
» sise sur le char tout rouge
» de la mort, la tête penchée
» et les yeux presqu'éteints !
» son cousin étendu, les bras
» et les pieds attachés, faisait
» retentir l'air de ses cris : ses

» lèvres étaient noires de co-
» lère, et ses yeux égarés
» tournés vers ceux de son
» amante : les noms de *mon*
» *père*, d'*Adélaïde*, lui échap-
» paient de tems en tems;
» mais celle-ci, immobile et
» presqu'insensible, attachait
» ses regards sur son ami, et
» un sourire froid était tout
» ce qu'elle pouvait exprimer.
» Je les ai suivis un instant,
» et n'ai pu attirer leur at-
» tention. La foule m'a écar-
» tée : je suis tombée dans les
» bras de mon amie; et re-
» venue à moi quelques ins-
» tans après, je me suis re-
» trouvée chez elle. Nous

» n'aurons bientôt plus de pa-
» rens que ceux que te con-
» serve la bonne femme chez
» laquelle je suis. Chaque jour
» voit périr une foule de per-
» sonnes estimables. Imagi-
» nes-toi ce que j'éprouve,
» lorsqu'au milieu de mes
» amis malades et profondé-
» ment affectés, j'entends
» crier la liste de mort, et que
» la plupart des noms, sont
» loin de nous être étrangers.
» Ta belle-sœur est très-mal ;
» sans une lettre que nous
» avons reçue d'Auguste, elle
» et ta Caroline ne seraient
» plus actuellement. Elle se
» cache avec nous chez ma

» bonne hôtesse, qui, par son
» état, se trouve à l'abri des
» soupçons. Elle arriva sous
» un déguisement grossier,
» et méconnaissable par les
» prompts ravages de la dou-
» leur et de la maladie! De-
» puis notre départ, les bar-
» bares satellites des comités
» révolutionnaires l'avaient
» enfermée. Son fils avait
» voulu demeurer avec elle,
» les cruels s'obstinaient à lui
» refuser cette consolation;
» mais Auguste, trop affecté
» de leur barbarie, et crai-
» gnant pour les jours de sa
» mère, demeurait conti-
» nuellement autour de la
» prison,

» prison, et épiait le moment
» où le geolier pouvait lui
» donner les moyens de la
» voir et de la consoler. Bien-
» tôt après il s'apperçut que
» le nombre des prisonniers
» diminuait; tous les jours on
» en faisait sortir un grand
» nombre qu'on ne revoyait
» plus. Alors il fit des efforts
» multipliés pour sauver sa
» mère; on découvrit ses dé-
» marches, on l'arrêta, et
» grâces à sa jeunesse, après
» l'avoir traîné de prison en
» prison, on se contenta de
» le faire entrer dans un ba-
» taillon de volontaires. Ta
» belle-sœur, cependant, par-

3

» vint à s'échapper, à l'aide
» des habits d'une paysanne
» qui portait des provisions
» au concierge ; elle eut le
» bonheur d'arriver jusqu'à
» nous, mais faible, abattue
» par son malheur et l'absence
» d'Auguste. Dans la situation
» où nous sommes, une se-
» cousse de plus nous ferait
» tous tomber successive-
» ment ; cependant sois tran-
» quille sur mon sort, tant
» que tu sauras conserver tes
» jours et ceux d'Albert, je
» serai en sûreté.

» Auguste est caché dans un
» bataillon sous un autre nom
» que le sien, mais nous igno-
» rons sa destinée.

» Albert a perdu ses amis,
» il ne verra plus ni Henri,
» ni Sophie : saura-t-il sup-
» porter son malheur ? Tous
» les Delano sont passés à
» l'Étranger : nous n'avons
» pas d'autres renseignemens,
» mais au moins ils sont en
» sûreté. Mon ami, tâche
» de te sauver aussi ; passe
» en Suisse, et retire Au-
» guste auprès de toi. Mais
» à quoi nous servira notre
» conservation ? pourrions-
» nous être heureux sur
» les cendres de nos amis ?
» Lorsque nous ne pourrions
» faire un pas sans fouler cel-
» les de tant de gens estima-

» bles et vertueux, répandues
» sur le sol de la malheureuse
» France , qui de nous vou-
» drait d'une tranquillité qui
» serait celle des tombeaux.
» Il ne faut pas une grande
» résolution, une grande fer-
» meté, pour descendre tout
» d'un coup dans la tombe;
» ce qui est pénible, ce qui
» est mille fois plus doulou-
» reux que les tourmens les
» plus forts , c'est d'y des-
» cendre par dégrés, lorsque
» chaque jour se fait enten-
» dre le coup de la mort de
» quelqu'un de nos amis.   .
»   .   .   .   .
»   .   .   .   .

Comme nous étions alors dispersés ! Henri Delano, ma Sophie, avec leurs parens, étaient hors de France, et Auguste à l'armée, pouvait trouver la mort à chaque pas; ma tante, ma sœur, passant leur vie dans une cave, et à la merci d'une femme qui pouvait se laisser deviner ou bien séduire par les récompenses que le crime promettait alors au crime; et nous, loin de tous nos amis, parcourant sous des noms empruntés les maisons de campagne des Lyonnais, et craignant à chaque instant de lasser la bonté de nos hôtes.

Nous parvînmes aussi à faire tenir directement de nos nouvelles. Mon père ne pouvait se résoudre à émigrer ; il espérait que le comble des maux amènerait la fin des massacres , et qu'il pourrait se sauver à l'aide d'un déguisement : il s'enrôla avec moi dans un régiment sous un nom emprunté; nous fîmes une campagne sur les Alpes; c'est là , au milieu des neiges et des besoins, que nous goûtâmes un moment du repos, si l'on peut appeler de ce nom le sommeil au milieu de la tempête. Bientôt après nous fûmes au siége de Toulon; mon père s'y distingua, et à la prise de la ville, il fut fait officier. Nous obtînmes la permission de nous rendre à Paris ; et grâces à notre état, nous pûmes traverser la France sans empêchement.

Quel deuil général couvrait alors ma pauvre patrie ! quel aspect ! Nous passâmes à Lyon ; cette superbe cité , autrefois l'honneur des arts et de la France , dans quel état nous la trouvâmes ! les maisons qui étaient encore debout s'élevaient au milieu des débris ensanglantés. Tous les soirs , à l'heure où naguères la jeunesse Lyonnaise cherchait les amusemens et le plaisir dans mille jeux différens, sous les allées verdoyantes des Breteaux, les agens du fanatisme et de la férocité, animés d'une fureur aveugle, massacraient froidement des milliers de victimes échapées au fléau de la guerre. Nous croyions être à Lyon depuis plusieurs jours, et quelques heures seulement s'étaient écoulées. Nous remontâmes la Saône ; mais où trouver encore un village , un hameau que l'on pût reconnaître pour avoir appartenu à l'ancienne France ?

En approchant de Paris, nous apprîmes les malheurs

de la Loire ! . . . . Rives in-
fortunées, nous ne vous reverrons donc plus, m'écriai-
je ! voilà donc votre sort, lieux
que j'aimais tant ! île du Printems, qu'es-tu devenue ? Hélas ! nos maisons ont été la
proie des flammes, le sol
même serait aujourd'hui méconnaissable à nos yeux.

Nous arrivâmes enfin à Paris ; je revis nos amis ; mais
dans quel état ! On n'avait aucune nouvelle des Delano.
Sophie était perdue pour moi,
il ne me restait qu'un faible
espoir. La révolution de ther-
midor permit enfin à ma mère
de sortir de l'asyle où elle

était cachée; ma sœur, la compagne et l'amie de Sophie, vint me la rappeler, et augmenter ma douleur. Semblables à ces voyageurs qui, échappés à une horrible tempête, demeurent encore à la merci des flots, nous nous demandions en tremblant de nos nouvelles; nous nous félicitions tout en redoutant l'avenir.

Ma mère, ma tante, mes sœurs, avaient été épargnées; mais un oncle chéri, les amis de mon enfance, Henri, Sophie, et presque tous nos voisins, avaient disparu. Presque seuls dans un des fau-

bourgs de Paris le plus fré-
quenté, autrefois l'admiration
des étrangers, il semblait que
nous fussions au milieu des
ruines, ou dans une ville que
la peste a ravagée.

Peu de jours après notre arrivée, nous reçûmes l'ordre de
nous rendre à l'armée. Mon
père était alors obligé de faire
son état d'une carrière, où ja-
dis l'amour de la gloire l'avait
conduit; nous partîmes. Notre
séparation fut moins cruelle,
nous laissions nos amis en su-
reté.

Je passerai sous silence les
fatigues que nous essuyâmes
sur les Alpes; sans nourriture,

sans habits, en proie à tous les
besoins et à la maladie, ayant
à peine des armes; les soldats
supportaient leur sort avec un
courage vraiment étonnant;
des postes entiers étaient souvent engloutis sous les neiges;
on livrait les combats les plus
acharnés; on se disputait avec
fureur un poste qui, presque
toujours n'était qu'un rocher,
dans d'autre tems l'effroi des
voyageurs.

Cependant une constitution
fut établie. Mon père crut pouvoir reprendre son nom, mais
il apprit que, malgré les services qu'il avait rendus, s'il se
découvrait, il pouvait être

poursuivi. Il se croyait autorisé à réclamer la restitution des biens qu'il avait en Touraine, mais il ne le fit point. Nous retournâmes à l'armée, et quoique nous n'eussions jamais quitté le sol français, quoique mon père eût reçu plusieurs blessures, et eût rendu des services importans, nos noms restèrent sur la liste de proscription, tandis que nous continuâmes à servir l'Etat.

La campagne s'ouvrit alors en Italie ; la petite armée, postée sur les Alpes, couverte de haillons, et offrant l'aspect de la plus grande misère, descendit jusqu'aux rives du Pô.

La paix de Cherasco fut le ré-
sultat de ses premières marches et de ses premières vic-
toires. Bientôt après toute l'I-
talie fut conquise.

Il y avait déjà près d'un an
que nous avions quitté Paris,
et nous n'avions encore aucun indice sur l'existence
d'Auguste ; le hasard nous
le fit découvrir peu de tems
après. La 140ᵉ demi-brigade
arrivait à l'armée d'Italie ;
nous étions alors employés à
Milan.

Lorsque la demi-brigade allait y arriver, mon père reçut
un ordre très-pressant de se
rendre sur-le-champ à Man-

toue. Ne pouvant retarder son départ, il partit, et me laissa pour recevoir mon ami. Je fus à la rencontre de la demi-brigade, mais je ne pus le découvrir. Dès que les bataillons furent rendus sur la place du Dôme, j'allai trouver le colonel ; il m'apprit que celui que je cherchais, loin d'y être comme soldat, occupait déjà, depuis quelque tems, le grade de lieutenant-colonel; qu'il jouissait de la considération et de l'attachement des officiers et soldats de son bataillon. Je crois votre ami malheureux, ajouta-t-il, il sert en désespéré; il s'est trouvé à trente batailles ou combats, et jamais il n'est sorti d'aucun sans être blessé. On m'apprit ensuite qu'il avait précédé la demi-brigade de quelques heures, qu'il devait être déjà rendu à son logement : j'y courus ; il était sorti ; je l'attendis, il ne vint que fort tard. Sa vue me fit la plus grande impression ; nous étions changés l'un et l'autre, nous nous méconnûmes pendant quelques instans ; mais aussitôt qu'il eut parlé, je retrouvai mon ami. Des larmes coulèrent de nos yeux, nous fûmes longtems sans pouvoir nous questionner ; Sophie, Caroline, furent les seuls mots

qui nous échappèrent au milieu de notre émotion. Pauvre
Auguste ! tu pleurais la mort
de tes amis ; le désespoir s'é-
tait emparé de toi , et ta mère,
tes amis, vivent encore ; leur
principal chagrin est l'incertitude de ton sort. Quant à moi,
je n'ai même plus d'espoir. Ils
ont fui , les aimables compa-
gnons de notre enfance ; Sophie , Henri , sont loin du
continent , peut-être même !..
.... Pauvre ami , me dit-
il, et sa tristesse recommença.
Console-toi , lui dis-je, tu es
beaucoup plus heureux ; ta
consine , malgré tous nos
maux , est aujourd'hui bril-

lante de jeunesse et de beauté, et n'entretient jamais ses amis que de toi, dont l'éloignement a failli lui coûter la vie; la maladie disparut aussitôt qu'on eût reçu de tes nouvelles, mais la tristesse et la douleur sont toujours son partage; et toi, par quelle barbare résolution avais-tu décidé de t'isoler, et de ne donner aucune marque de souvenir aux personnes que pourtant ta chûte aurait entraînés? Le malheur t'aurait - il rendu égoïste? Ne te souvient-il plus de l'horreur que les hommes de ce caractère nous inspiraient? Les avis de mon père n'étaient-ils donc pas gravés dans ta mémoire ? -« Pardonne-moi , Albert , et vous tous, mes bons amis, je ne suis pas si coupable. Il y avait quelque tems que je n'avais reçu des nouvelles de Paris; les gazettes apportaient chaque jour , dans le camp , la liste des victimes , et chaque jour m'apprenait la mort de quelques personnes de connaissance. Un jour, au milieu de cette liste, je vis tous vos noms inscrits..... ma mère , la tienne , nos sœurs.......... Alors, un sombre désespoir s'empara de moi ; ce n'était pas à moi à marcher, mais je le voulus , et bientôt je tombai sous le feu le plus vif. On me traîna d'hôpital en hôpital ; notre bataillon fut amalgamé , et nous partîmes pour les Pyrennées. Depuis lors , nous avons toujours marché de combat en combat ; j'ai reçu plusieurs blessures, mais le sort ne voulait pas que je mourusse avant de te voir. »

Le lendemain nous partîmes pour Véronne, où nous rejoignîmes mon père. Auguste fut employé, bientôt après, à l'état - major , ainsi que mon père et moi : nous nous vîmes réunis une seconde fois ; alors je connus réelle-

ment les charmes de l'amitié.
Je voyais Auguste recevoir de
nouvelles marques du plus
tendre souvenir de la part de
toute ma famille, sur-tout de
Caroline ; je pensais à Sophie,
et malgré la différence de notre position, le bonheur de
mon ami diminuait mon chagrin.

C'est vers ce tems-là qu'eût
lieu la bataille d'Arcole : elle
dura trois jours. Le matin,
toute l'armée, forte d'environ
15,000 hommes, passa l'Adige
sur un pont de bateau qui abou-
tissait à une chaussée condui-
sant sur le chemin de Véronne
à Vicence. Comme les enne-

mis n'avaient de ce côté que des petits postes avancés, on croyait qu'il serait facile de les surprendre, et d'arriver rapidement sur les derrières de l'armée autrichienne, qu'un autre corps de troupes, sortant de Véronne, devait attaquer de front; nous devions surprendre le quartier-général ennemi, et si cela avait réussi, en quelques heures l'armée d'Alvinzi aurait été détruite; mais qui peut deviner les événemens de la guerre? On passa l'Adige, on suivit la route le long d'un canal. Arrivés vis-à-vis le village d'Arcole, qui est de l'autre côté, il fallut passer

l'eau sur un petit pont que
nous croyions mériter à peine
notre attention , lorsque des
maisons qui l'avoisinent, partit tout-à-coup un feu très-vif
et très-meurtrier. Nos troupes
s'arrêtèrent , et ne voulurent
pas avancer d'avantage ; on eut
beau les exhorter, leur donner
l'exemple, rien ne pouvait les
décider ; artillerie, cavalerie,
infanterie, tout était entassé
sur cette route ; on ne pouvait
s'étendre ni à droite ni à gauche, et les ennemis, qui reçurent avis de la marche de
l'armée, changèrent de position , et vinrent se placer à
Arcole. Alors, le but de l'ex-

pédition fut manqué, et nous étions dans une position terrible, sur une route où l'armée pouvait être prise en flanc dans toute la longueur de la colonne, ayant à droite le canal, à gauche des marais, et une rivière à dos.

Cependant il fallut garder cette position, nous n'avions rien de mieux à espérer dans la plaine entre l'Adige et Mantoue, où la cavalerie ennemie, si supérieure en nombre à la nôtre, nous aurait harcelés ; nous pouvions être suivis de près dans notre retraite, et alors l'armée aurait beaucoup souffert en passant l'Adige sur un un mauvais pont de bateaux, où tout le monde se serait précipité. L'artillerie et la cavalerie eussent vraisemblablement été prises, et les ennemis auraient achevé le reste dans les plaines entre l'Adige et Mantoue, où Wurmser était enfermé avec vingt-huit mille hommes; et était bloqué seulement par trois mille.

Le général en chef, sentant combien Arcole devenait important dans la situation de l'armée, la harangua un instant; prit un drapeau, et se mit à la tête; tous les généraux et officiers d'état-ma-

4

jor le suivirent ; mais à peine
fûmes-nous arrivés au pied du
pont où il tenait le drapeau,
que la plupart des officiers qui
l'environnaient furent tués
ou blessés : alors l'armée, au
lieu de suivre, se sauva vers
l'Adige, culbutant chevaux,
canons, et tout ce qui se trouvait sur son passage. Mon ami,
c'est alors que je vis mon père
qui accompagnait le général
en chef, bien exposé ; il était
le dernier ; et des soldats, des
grenadiers couverts de cicatrices honorables, et qui, par
leur stature énorme, sem-
blaient devoir décider la victoire, le repoussaient pour se

sauver. En ce moment, je per-
dis Auguste.

Le lendemain les ennemis
nous surprirent; ils nous pour-
suivirent jusqu'au pont. C'en
était fait de l'armée , lorsqu'une brigade d'infanterie
en embuscade , et vingt-cinq
hommes à cheval commandés
par un nègre, mirent en fuite
les vainqueurs, et firent près
de quatre mille prisonniers.
On essaya de passer le canal
qui est à droite de la route ;
on le combla de fascines que
les troupes portaient sur les
bords , c'est-à-dire , à bout
portant des ennemis retran-
chés de l'autre côté.

Le soir, lorsqu'on prenait en silence un repas triste et dégoûtant, il arriva un courrier; il apportait des lettres, et il s'en trouvait pour Auguste. Le général portant la main du côté ou Auguste s'asseyait toujours, lui dit : *tenez, soyez heureux ; voici des lettres de votre mère.* Personne ne répondait. Où est Auguste, demanda-t-il; où est-il? demanda-t-il encore. Auguste a disparu, répond quelqu'un, au moment où il encourageait les soldats à combler le canal. Hélas! qu'est-il devenu? . . . .

La nuit était affreuse, on m'avait envoyé donner un or-

dre à l'avancée ; je parcourus
tout le champ-de-bataille ; les
marais étaient couverts de
cadavres et de blessés expi-
rans ; le croassement des gre-
nouilles se confondait avec les
cris lamentables des mourans ;
des généraux mortellement
blessés, et déposés dans la ca-
hute qui servait de quartier-
général , jetaient des hurlemens affreux. La route était
aussi jonchée de morts. Je
traversais rapidement ce lieu
horrible , lorsqu'à la faible
lueur de l'horizon je distin-
guai un officier français ; le
malheureux était renversé et
sans mouvement, le front ca-

ché dans ses mains ; son chien, tout couvert de sang , assis entre lui et un autre officier expirant, tâchait de relever sa tête ; et voyant ses efforts inutiles, faisait retentir l'air de ses aboiemens douloureux. Je ne pus retenir mes sanglots ; ils éclatèrent, et les noms d'Auguste et de Sophie vinrent se mêler aux cris de désespoir qui retentissaient dans le camp.

Le troisième jour , nous poursuivîmes les ennemis ; nous arrivâmes à Villa-Nova. La victoire est à nous, s'écriait-t-on de toutes parts, la victoire est à nous, et de tous côtés retentissaient des cris de joie. Nous traversions des champs couverts de cadavres ; nous sautions gaiement par-dessus des ennemis blessés et défigurés ; rien ne troublait notre joie. L'idée de sa propre conservation, celle de la gloire générale à laquelle était jointe celle de chacun, éloignaient momentanément toute ré-flexion triste.

Le général desira monter sur le clocher du village pour découvrir le pays; il fallut tra-verser l'Eglise. Oh! qui pour-rait rendre notre douleur! La joie de la victoire nous quitta à la porte. L'Eglise était rem-plie d'ennemis blessés; et parmi nos prisonniers , les uns étaient déjà morts , d'autres expiraient , d'autres demandaient à grands cris un peu de charpie, un peu d'eau. C'est ainsi que dans l'enfance on nous dépeignait l'enfer ; les sanglots des souffrans se mêlaient aux derniers soupirs de ceux qui mouraient ; ils cherchaient à obtenir , mais en vain, du soulagement de leurs voisins qu'ils trouvaient morts ou mourans. Des secours arrivèrent promptement , le général avait été fortement ému.

A peine étions-nous un peu revenus, que je m'entends appeler ; c'était Auguste : *il était*

encore blessé, mais non mortellement. Je le trouvai et le
revis au milieu de la douleur,
soutenu par la pensée de Caroline, et par l'image de sa
mère, qu'il tenait toujours sur
son cœur. . . . . . .

Cependant la paix, que je
desirais si vivement, arriva un
an après ; je ne vous parle pas
des autres combats et des opé-
rations de l'armée jusqu'à la
paix de Léoben ; ces détails
seraient trop longs. Auguste et
moi suivîmes mon père à Paris ;
et quoique d'affreuses pros-
criptions semblassent annoncer le retour de la terreur, il parvint à sauver de la déportation

M. Delano, qui était revenu
à Paris. Nous reprîmes notre
nom , nous obtînmes nos maisons d'habitation ; mais combien elles nous paraissaient
changées! Personne de nos anciens amis, dans ce quartier ,
autrefois si animé ! Si , à force
de recherches , nous parve-
nions à pénétrer dans une ancienne maison , nous tra-
versions des appartémens en
deuil ; les pleurs et les sanglots avaient succédé à la
gaieté et à l'espièglerie de la
société d'autrefois. Heureux
tems, que tu es passé rapidement ! J'étais bien jeune alors;
j'ignorais encore qu'en ne

mourant pas, on pouvait cesser de vivre.

Auguste était plus content
que moi; Caroline revoyait
avec joie son cousin; elle se
plaisait à raconter les batailles
où il s'était trouvé, à nom-
brer ses cicatrices, souvent
elle oubliait ses autres amis.
Pour moi, je ne pouvais sans
répandre des larmes, consi-
dérer Caroline, Auguste, et
parcourir les lieux où j'avais
connu la vie sous des couleurs
si agréables, où je ne la con-
cevais qu'avec Sophie; les caresses de ma bonne mère et
l'amitié de mes amis, ne pouvaient me distraire.

M. Delano avait été plus malheureux que nous; il fut obligé de s'expatrier avec toute sa famille; il partit pour le nouveau monde, où il avait fait de puissantes connaissances lorsqu'il servait dans la marine. A notre premier retour à Paris, mon père l'avait engagé à revenir en France, dans l'espoir de le faire servir dans l'armée où il était employé; ce qui lui aurait mérité de rentrer durant la campagne d'Italie. A-peu-près dans le même tems où nous retrouvâmes Auguste, il arriva secrètement à Paris. Mon père obtint sa radiation et celle de Henri, au moyen de faux certificats de résidence qui attestèrent ce qui n'était point vrai ; qu'ils n'étaient jamais sortis de France. Ils s'étaient établis aux environs de Boston. Leurs affaires avaient obligé madame Delano d'y rester avec sa fille ; et comme elles n'étaient point en France lors de la radiation de M. Delano, elles furent maintenues sur la liste de proscription.

Aussitot après sa radiation, M. Delano écrivit au reste de sa famille, à Boston, de hâter son retour en Europe, et de débarquer à Hambourg ; il voulait la rapprocher de lui, et il espérait pouvoir réussir à la faire rentrer.

Il était alors question d'une expédition en Angleterre ou en Égypte; on s'occupait de marine. Mon père obtint facilement la réintégration de M. Delano dans son ancien grade d'officier de marine; il obtint de plus, pour Henri, le titre d'aspirant; Henri était plus jeune qu'Auguste et moi, il n'avait alors que seize ans; nous allions donc partir ensemble pour l'expédition projetée. M. Delano, qui craignait que sa famille n'arrivât à Hambourg pendant notre ab-

sence, hésitait encore, lorsqu'il reçut des lettres de Boston, qui mirent fin à son incertitude. Madame Delano
écrivait, qu'ayant reçu les
lettres de son mari, longtems après leurs dattes, et que
leurs affaires étant un peu
embrouillées, elles ne parti-
raient qu'au Printems de l'année suivante. Elles avaient
reçu de nos nouvelles avec
tant de plaisir, qu'elles ne
songeaient plus à tout ce qui
s'était passé en France ; elles
parlaient encore de la Touraine, de nos anciens plaisirs
et de plusieurs amis qui n'exis-
taient plus. La lettre que So-

phie écrivait à son père, me
donna un calme et une consolation passagère. Voici comment elle s'exprimait :

« Tu nous disais que nous
» étions perdus pour toujours;
» comme je suis contente que
» tu te sois trompé, puisque
» nos amis n'ont pas péri,
» qu'ils vivent encore, et sont
» continuellement avec nous
» par la pensée! Et nous donc,
» mon père, penses-tu que
» nous les oublions? Tous les
» jours qu'il fait beau, nous
» nous promenons sur le
» Môle, près de l'endroit où
» tu t'embarquas si tristement
» au milieu de la nuit. Je suis

» joyeuse quand je pense que
» ton chagrin est tout-à-fait
» passé, tu es content et heu-
» reux au milieu de nos pa-
» rens; nous aussi, nous le se-
» rions, si maman et moi
» pouvions aller vous re-
» joindre par le bâtiment qui
» t'a porté et qui te portera
» nos lettres. Nous avons ap-
» pris que tu n'as resté que
» vingt-huit jours pour faire
» la traversée, peut-être se-
» rions-nous auprès de vous
» dans le même tems; c'est
» bien peu, quand on pense
» à l'immensité de la mer qui
» nous sépare; mais c'est
» beaucoup, quand je réflé-

4 *

» chis que nous devrions être
» ensemble. Pourquoi nous as-
» tu laissées toutes seules au
» milieu des étrangers? De-
» puis que nous avons reçu
» vos lettres, je voudrais res-
» ter toujours couchée, et dor-
» mir jusqu'à l'hiver; je vou-
» drais que toutes les fleurs,
» tous les arbres fussent des-
» séchés; il me semble qu'ils
» sont venus contre saison;
» mais quand l'hiver sera ar-
» rivé, les jours seront plus
» courts; ils passeront enfin,
» puis ils croîtront, et le beau
» tems arrivera; celui-là sera
» le véritable Printems que
» nous trouverons sur la terre

» où nous débarquerons; il
» n'y aura plus rien qui nous
» arrêtera. O mon père, dites
» à mon cousin qu'il n'aille
» plus à l'armée, il y a été
» assez souvent. Je pense tou-
» jours à lui, je pense à cette
» soirée où je m'étais perdue,
» et qu'il sut me retrouver
» dans les champs, bien loin
» de la maison; je croyais
» que c'était un loup, je criais
» d'effroi, lorsque je distin-
» guai Albert. J'avais bien be-
» soin que quelqu'un vînt à
» mon secours, car la nuit
» arrivait, et je craignais d'être
» tout-à-fait égarée. Il me
» tarde bien de voir mes amis

» et de vous embrasser aussi
» souvent que nous l'avons
» désiré et désirons tous les
» jours si loin de vous. Adieu,
» mon père, quand nous nous
» reverrons je serai bien con-
» tente. »

Au commencement de mai,
nous appareillâmes de Toulon. J'étais au milieu de mes
amis avec mon père, celui
de Sophie, Henri, Auguste;
il y avait sur le vaisseau une
foule impatiente et étourdie,
et pourtant il me semblait que
j'étais seul. Dès que nous fûmes en pleine mer, je m'i-
maginai que Sophie arrivait
aux lieux que je quittais; bien-

tôt, me disais-je, l'immense
étendue des eaux nous sépa-
rera, et une douleur amère
s'emparait de moi. Les longs
balancemens du vaisseau et
le siflement des vents, aug-
mentaient ma peine. J'étais
souvent dans la chambre du
conseil, qui est sur l'arrière
du vaisseau; quelquefois je
me tenais sur un banc, placé
entre deux petites fenêtres et
faisant face à la proüe, vis-
à-vis une glace qui répétait
l'image des bâtimens et de
l'escadre qui nous suivaient.
Lorsque dans ma rêverie,
tout ce qui m'entourait
n'excitait pas mon attention,

je n'entendais que le vent, heurtant les voiles et les mâts des bâtimens, et produisant à-peu-près le bruit qu'il fait au milieu d'une forêt ; alors je me croyais sur les rives de la Loire ; mais si un cordage usé et rougeâtre venait à être répété dans la glace, alors l'image du sang me rappelait à la vérité ; il excitait mes souvenirs ; je voyais le théâtre des jeux de mon enfance ensanglanté, mes amis perdus, un oncle, mon second père, massacré ; Sophie, je la voyais séparée de moi par des mers immenses, et chaque minute m'en éloignait davantage ;

chaque siflement du vent de
l'Ouest me paraissait être une
plainte de mon amie. Seule
avec sa mère, que pourrait-
elle, me disais-je, contre l'in-
solence des barbares qu'elle
peut rencontrer.... Alors, je
n'étais plus maître de moi; et
sous prétexte du mal de mer,
je donnais un libre cours à ma
douleur.

Quelquefois nous nous en-
fermions dans la petite cellule
de M. Delano, Henri, Au-
guste et moi; que font nos
amis, disions-nous? que fait
Caroline? Elle pense à toi,
disais-je à Auguste; mais Sophie, qui lui rendra son ami,

son véritable frère. Auguste voulait alors me consoler ; mon ami, lui disais-je, tu ne sens pas ma position ; Caroline est tout pour toi ; tu la sais heureuse, tranquille, et en sûreté auprès de sa mère; comme le malheur ne peut lui venir que par toi, tu ne verras jamais sa douleur.

Quelquefois, pendant les belles nuits de la saison, je me tenais à une des petites fenêtres du vaisseau ; je considérais la mer, mollement agitée former de petites vagues que le vent dispersait en écume légère; l'horison était éclairé par la lune, qui autre-fois

fois nous avait guidés dans nos promenades nocturnes, pendant lesquelles Sophie s'appuyait sur mon bras, où ma main soutenait la sienne. Dans les momens d'attention et de silence, si un buisson venait à être remué, ou qu'un animal nocturne vînt à nous surprendre par des cris aigus; son bras me serrait fortement, et ses yeux, dont l'expression est en même-tems si vive et si douce, ses yeux cherchaient les miens, et semblaient me demander de la rassurer. Mais alors jeté sur une planche au milieu des eaux, si loin d'elle, il ne me restait d'autre jouis-

5

sance que mes souvenirs. Si
j'éprouvais quelques momens
de plaisir, c'était en relisant
sa lettre, en me répétant sans
cesse que j'étais toujours son
véritable frère, son ami. Je
me rappelais son éloquente
ingénuité, lorsqu'elle me disait : « Vous croyez n'être que
mon cousin, et vous êtes réellement mon frère, vous m'ai-
mez comme votre sœur, vous
êtes pour moi autant que
Henri ; pour vous je dois être
autant que Caroline ; ils nous
ont été donnés par le hasard,
au lieu que notre propre choix
a fait notre parenté. »

Un soir que j'étais profon-

dément attentif aux agréables
ondulations de la mer , un
matelot , qui était assis sur
un canot , attaché à quelque distance de la pouppe ,
se mit à chanter l'air du *Me-*
nestrel , avec lequel le mouvement cadencé du vaisseau ,
et le calme lui-même , s'ac-
cordaient parfaitement ; cet
air me jeta dans une profonde
mélancolie ; je me sentais fai-
blir , mais je pris promptement mon parti ; Montaigne ,
Ossian , étaient toujours dans
mon hamac ; à l'aide d'un fa-
nal des timonniers , je pus lire
un chapitre gaulois , et je
m'endormis moins agité.........

Arrivé à Alexandrie, j'allais souvent m'asseoir à l'île du Phar ; de-là on découvrait les mâts des vaisseaux d'Aboukir et les navires arrivant de France. Assis dans le creux d'un rocher presque au niveau de l'eau, ne voyant que la pleine mer et le ciel, j'aimais à me livrer à mes réflexions, à exciter mes souvenirs ; j'aimais à répandre des larmes en pensant à Sophie. Personne n'était témoin de ma faiblesse ; je m'y abandonnais en toute sûreté. N'est-ce pas une chose consolante que de se dire : Cet astre que tu considères en cet instant, ton amie , quelqu'éloignée qu'elle soit, le voit aussi, peut-être le considère-t-elle en même-tems. Ce vent de l'Ouest , qui pendant les nuits entières, souffle avec la même force sur ces côtes, vient du pays qu'elle habite. Je lisais alors sa lettre , et je m'imaginais la voir se promenant sur les rives de l'Ouest ; peut-être les vents qui arrivent si lestement , ont passé il y a quelques momens auprès d'elle , et j'aurais voulu disputer au rivage, aux rochers même , l'honneur de recevoir le soufle des vents.

Un soir que j'étais en proie

à ma tristesse accoutumée,
j'apperçus auprès d'un arbre
isolé sur la plage, et que j'a-
vais déjà remarqué, une femme éplorée que deux hommes
tâchaient d'amener loin de-
là. J'y courus ; un de ces
hommes etait le Scheck Elmi-
siri ; l'autre un Grec, qui
servait d'interprête aux officiers de l'armée. Il m'apprit
que cet arbre était celui de la
fidélité, il me fit appercevoir
une grande quantité de tissus
de cheveux différens, attachés au tronc de l'arbre par
un fer. Cette femme ne put se
résoudre à partir. L'arbre de
la fidélité était couvert de tis-

sus de cheveux; les femmes
vont y attacher ceux de leurs
amans, et il passe pour cer-
tain que l'arbre a le pouvoir
divin de les maintenir cons-
tans et fidèles. L'Égyptienne,
loin d'implorer le secours du
prestige, arracha le tissu de
cheveux de son amant qu'elle
y avait mis longtems aupara-
vant, et y substitua un tissu
des siens qu'elle arracha avec
transport. Comme elle s'obs-
tina à rester, il fallut nous
éloigner; mais, soit compas-
sion ou curiosité, nous nous
cachâmes auprès de l'arbre,
et écoutâmes sa plainte; la
voici à-peu-près :

« Eliskaë ! l'infortunée ! je
» ne suis plus digne de tour-
» ner mes regards vers l'o-
» rient, mes yeux fuient les
» couleurs riantes de l'aurore;
» c'est le soir, lorsque la tris-
» tesse s'empare de tous les
» fidèles qu'il convient à mon
» ame affligée de venir con-
» fier sa douleur aux vents de
» l'occident.

» Ces cheveux, que dans
» le transport de mon chagrin
» j'ai arrachés de ma longue
» tresse, ne seront plus noués
» par les mains caressantes de
» mon amant, ils seront ex-
» posés aux vents de l'ouest
» et au vent brûlant du midi.

» Que de soleils se passeront
» avant qu'ils disparaissent de
» cet arbre antique ! hélas !
» un jour, pourtant, ils seront
» enseveli dans le sable ; l'é-
» corce déchirée couvrira le
» fer que le tems aura rouillé ;
» ce fer, qui attache aujour-
» d'hui mes cheveux, là même
» où étaient ceux de l'infidèle,
» et ma douleur durera tou-
» jours.

» Le barbare Ali m'a oubliée ;
» il est heureux dans l'occi-
» dent : il pense avoir trouvé
» une ame plus tendre, une
» meilleure amie qu'Eliskaë ;
» mais le dieu des fidèles, qui
» lit dans mon cœur, connaît
» mon innocence, le mal qu'il

» m'a fait, et sa lâche trahi-
» son ; un jour il sera puni.
» L'astucieuse étrangère qui
» l'a captivé, le trompera
» comme il m'a trompée ; leur
» bonheur sera court. S'il n'a
» pu être heureux longtems
» avec moi qui l'idolâtrait,
» avec moi qui, embrâsée des
» feux de l'amour, lui ai tout
» pardonné ! tout, jusqu'au
» crime de l'enlèvement, le
» sera-t-il avec une de ces
» chrétiennes hypocrites, qui
» ne se livrent jamais au dé-
» lire de l'amour, qui n'ont
» qu'une occupation, celle
» d'apprendre à mieux trom-
» per les hommes ?

» O toi, digne compagnon

» du prophète, toi dont la
» lumière est émanée du ciel,
» toi que tous les fidèles ont
» nommé leur juge, parce
» que ton nom est sur le livre
» divin, écoutes ma plainte ;
» songes que lorsque cet arbre
» de Dieu aura reçu l'aveu de
» mon malheur, mes larmes
» ne couleront plus pour me
» soulager , et que je serai
» éternellement infortunée.

» J'étais l'idole du bon Ibra-
» him, mon incomparable
» père, de ma mère, la plus
» sage parmi les élues ; eh
» bien ! un jour que je faisais
» ma prière sur les bords du
» fleuve, j'entrevoyais les pau-

» pières de l'aurore, lorsque
» tout-à-coup une barque ar-
» rive; on m'enlève, et l'on
» m'emporte à ce bout du
» monde des fidèles. Le len-
» demain je pleurais encore;
» mon sein était meurtri des
» coups de mon désespoir;
» ma douleur me fit oublier
» l'heure de me prosterner
» devant la lumière de Dieu,
» qui était déjà descendue
» vers le couchant. Oh que j'ai
» payé cher mon impiété!
» mon malheur ne cessa qu'un
» instant; je commençais à
» être heureuse; j'avais reçu,
» du perfide Ali, le serment
» qu'il ne m'abandonnerait

» point comme une vile créa-
» ture, lorsque mes charmes
» seraient flétris, et que le
» tems ne m'aurait plus laissé
» de ma jeunesse, que mes
» pensées et mon cœur. Je
» connaissais le bonheur, l'a-
» mour dans toute sa force
» brûlante; j'avais oublié mon
» père, mes amies, mes jeu-
» nes compagnes, jusqu'au
» digne pasteur qui m'hono-
» rait de ses conseils, qui
» m'assurait que je serais la
» plus pure des vierges; j'au-
» rais oublié jusqu'au dieu
» qui me punit aujourd'hui
» pour Ali; et Ali m'aban-
» donne ! Il n'est pas celui que

» j'imaginais ; son ame était
» cachée et séparée de son
» cœur : il m'a oūbliée ; une
» sultane de l'occident le re-
» tient ; il est parti, et je suis
» réduite à chercher un maî-
» tre. J'étais destinée à me
» voir servir par de jeunes
» vierges ; et aujourd'hui, sans
» parens, sans amis, sans
» amant, je serai l'esclave
» d'un infidèle, et l'objet de
» ses trompeuses et brutales
» caresses. Mais Dieu l'a vou-
» lu pour me punir ; j'ai été
» faible et impie, j'aurai au
» moins la force de supporter
» mon malheur. Puisse cet ar-
» bre sacré, qui rend tous les

» amans fidèles, et qui n'a
» rien pu sur le cœur endurci
» d'Ali, me faire souvenir
» toujours de l'amour que j'a-
» vais pour lui, afin que j'aie
» la force de le haïr toujours.

    » Je le jure par toi, confi-
» dent de Dieu et du pro-
» phète, je serai malheureuse,
» mais je ne me plaindrai
» plus ; mes larmes couleront
» aujourd'hui pour la dernière
» fois, au souvenir de mon
» ravisseur ; et si jamais il vou-
» lait revenir, je mépriserai
» ses demandes, je foulerai
» ses présens, je les disperse-
» rai dans le désert ; et quand
» j'irai au bain, s'il se trouve

» sur mon passage , je détour-
» nerai la vue avec horreur ».

J'écoutai la plainte d'Eliskaë avec une peine mêlée de
plaisir. Hélas ! m'écriais-je ,
l'amour est aussi connu dans
ces contrées desséchées ; il est
plus brûlant que les feux de
la saison ; il fait seul le bonheur ou le malheur véritable ; la peine, la douleur, les
travaux , sont inséparables de
notre existence. Puisque je
conserve encore ma Sophie ,
puisqu'il n'y a pas encore un
an que son cœur, qui jamais
ne connut la feinte , se com-
plaisait agréablement dans l'i-
dée de mon amour, je ne suis

pas malheureux; n'ai-je pas encore l'espoir de traverser les mers qui me séparent de mon pays ? Tandis que je suis ici, Sophie est peut-être déjà rendue sur les rives de la Seine.

Deux jours s'étaient écoulés, lorsque nous apprîmes que des matelots de la flotte étant à *faire de l'eau* avec des élèves de la marine, avaient été surpris par des Arabes, et que plusieurs d'entr'eux avaient été enlevés et emmenés dans le désert. Un détachement de cavalerie était déjà préparé pour courir à la poursuite des brigands; et déjà on leur avait

5 *

expédié un Egyptien avec l'argent nécessaire pour le rachat.

Je partis avec ce détachement; nous marchâmes à travers le désert assez vîte ; guidés par deux ou trois habitans d'Alexandrie. Nos guides se donnaient beaucoup de peines pour nous faire découvrir les Arabes, ou les attirer à nous; ils jetaient des cris affreux ; ils imitaient un signal des Arabes, celui de jeter du sable en l'air, le plus haut possible ; c'est un ralliement auquel ils ne manquent jamais, parce qu'ils ne l'emploient que dans les grandes circonstances ; il signifie, ou qu'il y a quelqu'un à voler, ou que quelqu'un d'eux est en présence de leurs ennemis.

Le jour allait finir : il y avait plus de six heures que nous marchions ; la chaleur et le besoin nous forcèrent à nous arrêter auprès d'une espèce de puits. Il n'y avait pas long-tems que nous y étions, lorsque nous vîmes paraître une petite troupe ; nous reconnûmes bientôt les prisonniers. L'interprète vint m'apprendre qu'un seul était resté, c'était Henri. Les matelots lui témoignaient beaucoup d'égards, comme fils de leur offi-

cier ; cela avait fait croire aux
Arabes qu'il était d'un grade
très-supérieur ; ils le gardè-
rent, et firent demander cent
tallarys ou piastres, pour sa
rançon. Je me hâtai d'expé-
dier un des Turcs, qui avait
été parlementer avec les Arabes. Il leur porta la somme
demandée ; je gardai l'autre
avec moi, et nous continuâmes notre route sur leurs tra-
ces. Il n'y avait pas longtems
que nous marchions, lorsque
nous apperçûmes l'interprète
que j'avais expédié, revenir en toute hâte ; il pouvait
à peine respirer ; son émotion
avait été bien forte. Il m'ap-

prit qu'il avait joint les Arabes
non loin de-là ; il avait remis
sa rançon à un des chefs ;
aussitôt les autres firent cercle
autour de celui-là , et deman-
dèrent sur - le - champ le
partage. Ils étaient trois ; les
deux principaux se querellè-
rent ; on allait en venir aux
mains, lorsque le troisième
se plaça entr'eux. Vous êtes
bien *idiots*, leur dit - il , de
vous disputer si vivement ;
sera-t-il dit qu'un animal d'infidèle , qu'un vil chrétien met-
tra le trouble dans la tribu ?
Non ! j'en jure par Mahomet ,
et aussitôt il leva son cimetère,
et étendit à ses pieds Henri

Delano, presque mort. Il prit des mains de son camarade, la rançon que celui-ci avait déjà reçue, et la rendit à l'interprète, en lui disant de me rapporter l'argent et la réponse. . . . .

Il était déjà nuit; la lune répandait une clarté entière sur l'horizon, toujours pur du désert; il nous fallait bien du tems pour parvenir jusqu'à Henri; je craignais qu'ils ne l'eussent transporté, ou qu'ils ne l'eussent achevé; car, le le guide s'était pressé de revenir, et n'avait pas suivi leur marche. Cependant, au milieu du silence du désert, un bruit se fait entendre ; nous nous arrêtons pour mieux écouter. Bientôt nous entendons une voix plaintive, semblable à celle de l'enfant qu'une mère cruelle abandonne dès sa naissance, ou plutôt à celle d'un naufragé qui meurt sur un rocher, privé de secours, et en proie à tous les besoins...... Nous retrouvâmes Henri ; il était méconnaissable , baigné dans son sang, roulé dans la poussière, ses traits étaient défigurés ; à ses sanglots seulement, je reconnus mon ami. Nous revînmes au puits que nous avions rencontré ; je pansai la plaie,

elle était à la tête, et ne me
parut nullement dangereuse.
Après une demi-heure de repos, nous continuâmes notre
route ; je marchais à côté de
Henri ; que pensez-vous qu'il
me disait, pendant cette marche imposante, où les étoiles
seules nous guidaient ? Mon
ami, que tu as été content de
me trouver ! que mon père
sera heureux de me voir et
d'apprendre que j'ai été sauvé
par toi.

Quelle marche fatiguante
que celle à travers un désert,
où le sable se meut sous les
pieds ! nous étions alors au
milieu de la nuit ; la fraîcheur
était

était extrême. Cependant nous
approchions du rivage d'A-
boukir ; nous commençâmes
à entendre le bruit des vagues,
et bientôt nous fûmes sur la
plage , où nous trouvâmes
un détachement de marins.
Henri chercha son père, mais
il n'y était pas, il était parti
à la poursuite des Bédouins ;
nous envoyâmes tous nos guides à sa rencontre, un détachement suivit, et attira bientôt de son côté celui de M.
Delano, par un feu de mous-
queterie soutenu , qu'il prit
dans le lointain du désert
pour un combat. Il vint peu
d'heures après. Nous l'atten-

6

dions sur le rivage ; Henri
n'avait voulu ni retourner à
bord, ni recevoir quelque secours, avant le retour de son
père. Quand il le vit, il voulut
essayer d'aller à sa rencontre,
mais il était incapable de marcher. . . . .
Je les vis dans les bras l'un de
l'autre, sur le même rivage,
où quelques jours après je
les cherchai vainement. Nous
nous séparâmes ; ils s'embar-
quèrent pour retourner à leur
bord, et moi, je rentrai à
Alexandrie. J'avais lieu d'être
content, et cependant je ne
sais quel sujet m'attristait pro-
fondément.

Quatre jours s'étaient à peine

écoulés depuis l'accident de Henri ; j'avais de ses nouvelles tous les matins ; mais ce jour-là, je sentais un besoin inconnu jusqu'alors de voir promptement mes amis ; je doutais que j'en eusse le pouvoir, il semblait que bientôt j'en serais plus éloigné ; je fus à Aboukir, je passai la journée avec eux. Il me fallut revenir vers le milieu du jour. Henri était encore bien malade de sa blessure ; je ne l'avais pas vu depuis le soir où nous l'avions ramené : je vous laisse à penser si nous nous revîmes avec plaisir ; nos adieux ensuite furent tristes, il me semblait que je le quittais pour toujours.

De retour à Alexandrie, je pris les ordres du général, et quand je fus maître de mes pas, j'allai à ma promenade favorite, au rocher du Phar, d'où je voyais le couchant, la mer et Aboukir. Le ciel était pur, la mer pas trop agitée, j'étais calme aussi : je venais de voir mes amis. Comment pouvais-je m'attendre à l'affreuse nuit qui se préparait !

En jettant les yeux vers la grande mer, j'apperçus plusieurs voiles; bientôt quatorze grands vaisseaux se montrèrent et s'approchèrent d'A-

lexandrie; tous les toits furent
en un instant garnis de cu-
rieux. La générale battit, et je
me rendis à l'état-major. On
ne douta plus que ce ne fût
les ennemis; à leur marche
régulière et hardie, à la manière dont ils s'approchèrent
du port, pour le reconnaître,
nous augurâmes qu'ils vou-
laient attaquer notre escadre,
elle fut prévenue. Des *ordon-
nances* rapportèrent qu'on
était prêt à recevoir les ennemis, mais aucun de nous
ne fut tranquille. Il y avait peu
d'heures que j'avais entendu
les sages observations de plusieurs officiers de marine, que

l'amiral n'avait pas voulu écouter; ils lui disaient que la gauche de l'armée française n'était pas assez appuyée à la terre, qu'il fallait s'en rapprocher davantage ou couler des bâtimens entr'elle et l'escadre. L'amiral craignait cette opération dans une rade si dangereuse, où un coup de vent pouvait faire échouer les vaisseaux, si l'on ne laissait point autour d'eux, l'espace nécessaire pour qu'ils pussent tourner sur leurs ancres; il craignait si un malheur arrivait, qu'on ne le taxât d'ignorance, et cette crainte l'a perdu. Il fit deux autres

fautes; entre le premier vaisseau de gauche et la terre,
était la frégate la *Sérieuse*,
et comme les vaisseaux ennemis prennent moins d'eau que
les nôtres, les Anglais pen-
sèrent avec raison, qu'entre
la frégate et le premier vaisseau, il y avait assez d'eau
pour eux, et cela ne leur a
que trop bien réussi.

Une autre faute de l'amiral
fut celle de ne pas garnir l'isle,
de bonnes batteries, capables
de flanquer la gauche de l'armée et de la garantir; au lieu
de charger de ce travail, un officier supérieur de mérite, on
en chargea le premier venu,

on n'établit qu'une mauvaise
batterie , qui fit plus de mal
que de bien. Nos gens avaient
trop de confiance ; l'amiral
se persuadait qu'une armée
embossée était inattaquable ,
et que jamais les Anglais n'o-
seraient approcher ; il se trom-
pa ; ils tournèrent la gauche
de notre armée ; la *Sérieuse*
fut coulée d'abord ; le premier vaisseau anglais toucha ,
mais le second trouva la passe
et bientôt les trois premiers
vaisseaux ennemis attaquèrent le premier vaisseau français, il ne put résister ; ils
passèrent de suite au second,
et ils firent ainsi amener suc-

cessivement tous les vaisseaux jusqu'à l'*Orient*, qui était au centre. Ce dernier fit beaucoup de mal aux trois qui l'attaquèrent, un fut démâté, l'autre criblé et le troisième amena son pavillon; mais les trois qui suivaient ranimèrent le combat. Le feu prit à bord de l'*Orient*; l'amiral fut tué et personne ne le remplaça; on ne le savait même pas mort à la droite de l'armée : les vaisseaux qui y étaient, furent ensuite attaqués. Voyant l'*Orient* en feu, ils dûrent s'en écarter, ils ne recevaient point d'ordre ni de signaux; ils se jetèrent à la côte et se défendirent individuellement aussi long-tems qu'ils le purent , excepté les deux de droite, qui mirent à la voile et se sauvèrent. Les ennemis voulurent les poursuivre, mais ils étaient si maltraités eux-mêmes, que les deux vaisseaux français leur firent lâcher prise, sans grande peine.

Que de fautes l'on commit dans cette journée horrible ! Dès que l'escadre était tournée, ne devait-on pas mettre à la voile, puisqu'à l'embossage, trois vaisseaux suffisaient pour faire amener toute l'escadre française, en pre-

nant chaque vaisseau séparé-
ment? Quand l'*Orient* eut pris
feu, que la droite n'était point
entamée et que l'amiral était
tué, celui qui, par son grade,
était destiné à le remplacer,
ne devait-il pas donner ses
ordres et prendre un parti ?

Nous étions à terre, joyeux
et pleins d'espérance ; nous
nous apperçûmes que le feu
des vaisseaux qui étaient le
plus près de terre, était le
plus vif, qu'il faisait taire
l'autre, nous étions contens,
nous ne savions pas que les
plus près de nous étaient les
ennemis. Un vaisseau prend
feu, il éclaire bientôt la mer

et le désert ; la fumée s'a-
moncèle vers les étoiles ; et
le ciel, toujours pur dans ces
climats, voit pour la première fois, des nuages arrêtés
sur l'Égypte. Une masse de
fumée, longue et épaisse,
s'élève d'Aboukir, semblable
à un énorme aréostat ; la terre
tremble, nous sommes ren-
versés sur le sable et les maisons sont ébranlées. Des cris
unanimes de désespoir se font
entendre le long de la côte ;
le désert et la vaste mer étaient
embrâsés comme si le soleil
se levait de tous les côtés de
l'horison. Le nuage éclata, et
quoique bien éloigné, nous

distinguâmes, à la lueur en-
flammée de l'air, des voiles,
des canons, des hommes,
qui retombaient sur l'escadre;
horrible moment de destruction ! ! !

Le combat continua jus-
qu'au matin. Qui peut deviner
notre impatience ? Le soleil
se leva et sortit tout rouge à
travers des nuages épais ; l'air
ne voyageait plus, une chaleur accablante s'était emparée de l'atmosphère.

Cependant des bateaux ar-
rivent, on se presse autour
du rivage; ces bateaux semblaient apporter la mort et la
désolation ; le désespoir les

précédait, il n'était pas besoin de demander l'issue du
combat , notre défaite était
écrite sur la figure pâle des
arrivans, dans les yeux ternes
des blessés. Que devins-je,
en apprenant que le vaisseau
malheureux était celui sur
lequel se trouvaient mes amis,
mes amis qui n'étaient plus!
Je partis , je quittai Alexandrie..... Rivage d'Aboukir,
c'est vous que mes cris demandaient, que mes pas désor-
donnés recherchaient. Hélas !
la journée était à sa fin , le
massacre était fini , il n'y avait
plus de mal à faire. Des débris
de vaisseaux , de mâts, de voi-

les, de canaux, de provisions, étaient entassés et mêlés à des cadavres mutilés et défigurés. Le jour disparut, et la nuit me trouva sur le rivage, qui était couvert de chiens affamés et d'Arabes chargés de dépouilles. Le désert retentissait du mugissement des vagues, et des hurlemens des animaux voraces. Tout-à-coup les flots s'élèvent, les vents se prolongent au loin dans le désert. La tempête me soulageait, j'étais mieux, je croyais être au moment de retrouver les restes de mes amis; je ne voulais pas céder à la mer les débris que je croyais reconnaître, et les vagues menaçaient de m'engloutir. Une fois elles furent si fortes, qu'elles m'entraînaient quand je me sentis arrêté par des poutres et des planches. Je jetai des regards autour de moi, et je vis un homme nud, et attaché aux débris d'un mât; il tâchait de gagner le rivage. La vue du marin excita toute ma sollicitude; je marchai à lui, et lui aidai à détacher la poutre qui lui était devenue inutile, nous gagnâmes le bord. Nous nous assîmes sur le sable entre la mer et le désert; je cherchai à le consoler; il était du vaisseau de Delano; il me reconnut, et voici ce qu'il m'apprit :

« Mon poste était auprès
» du lieutenant, M. Delano;
» dès que le combat eut com-
» mencé, le feu prit à bord
» du vaisseau; on s'occupa de
» l'éteindre, mais des lâches
» vinrent à la proue sous nos
» yeux, pour couper les ca-
» bles et jeter le vaisseau à la
» côte. Le lieutenant, furieux,
» leur fit payer cher cette lâ-
» cheté, mais peu de tems
» après, il fut renversé par
» un boulet qui lui enleva
» une jambe. On le transporta
» *à fond de calle.* Son fils était
» alors à la première batterie;
» il ignorait le malheur de son

6 *

» père, qui nous défendit de
» le lui apprendre ; ce jeune-
» homme rendait les plus
» grands services ; il encoura-
» geait tout le monde ; il mon-
» trait la plus grande intelli-
» gence, la plus grande acti-
» vité ; il aidait les canon-
» niers, les matelots, et disait
» à haute voix que les enne-
» mis étaient battus. Malheu-
» reusement le feu gagna
» promptement, le pont fut
» abandonné, Henri seul était
» encore debout au milieu
» du feu des ennemis ; je le
» vis et lui criai de descendre ;
» *le puis-je sans déshonneur ?*
» s'écria ce brave enfant : je

» lui en donnai l'assurance,
» et il vint à moi. Tout le
» monde se sauvait alors à la
» nage sur des débris, cha-
» cun comme il pouvait ; l'in-
» cendie était presque géné-
» ral ; Henri demanda son
» père, et comme il devenait
» furieux de mon silence, je
» le menai à fond de calle.
» Nous trouvâmes M. Delano
» tranquille au milieu des plus
» grandes souffrances ; il vou-
» lut s'élancer vers son fils,
» dès qu'il le vit ; ils restè-
» rent dans les bras l'un de
» l'autre. Alors je les priai de
» se sauver ; une poutre nous
» restait. Je ne le puis, me dit

» le lieutenant, ma dernière
» heure est arrivée ; mais Jo-
» seph, ayez pitié de Henri ;
» menez - le à nos amis à
» Alexandrie, qu'ils l'accom-
» pagnent jusqu'à sa mère ;
» dites-leur que je les prie,
» au nom de l'amitié, et de
» tout ce que nous nous de-
» vons, de sauver Henri, et
» de protéger le reste de ma
» malheureuse famille. L'in-
» cendie arrivait alors vers
» nous avec un fracas hor-
» rible, chassant devant lui un
» amas confus de débris, de
» flammes et de fumée. Dé-
» cidez-vous, dis-je à Henri ;
» je voulus en vain l'entraî-

» ner ; il tenait étroitement
» embrassé son père , qui fai-
» sait des efforts inutiles pour
» le détacher de lui ; *mon*
» *père* , disait-il , *je dois mourir*
» *avec vous* , *je veux mourir*
» *avec vous.* ...... Pour moi ,
» je m'en fuis, et lorsque je
» m'éloignais à travers les va-
» gues, je les ai entrevus au
» milieu des flammes , se fai-
» sant les adieux les plus ten-
» dres , et enfin renversés
» dans les bras l'un de l'au-
» tre. . . . .
» . . . .
» . . . .

Peu de tems après nous
partîmes pour retourner en

France ; nous quittâmes l'E-
gypte sur une chaloupe can-
nonière ; on choisit la plus
petite comme pouvant mieux
échapper aux Anglais qui blo-
quaient le port de très-près.
Nous trouvâmes le calme en
sortant du port, mais aussitôt
que nous fûmes éloignés, le
vent devint violent, et nous
traversâmes l'escadre ennemie sans être apperçus. Le
lendemain nous avions fait
soixante lieues ; mais à la petite pointe du jour, un officier
placé au hant du mât, découvrit des voiles ennemies, et
alors nous virâmes de bord.
Nous n'avions pas de peine à

nous cacher, le bateau était si petit, que les vagues nous couvraient. Nous n'appercevions que l'extrémité des mâts des vaisseaux ennemis.

Le coup de vent de la nuit avait emporté une partie de notre gouvernail, la moindre vague le dérangeait ; le bâtiment gouvernant fort mal, nous faisions de l'eau ; une seule pompe très-petite, et bien mauvaise, nous empêchait de couler. Cependant nous arrivâmes dans un des ports de la Calabre, après vingt-cinq jours de traversée ; nous croyions être alors chez des neutres, et nous étions chez des ennemis cruels, qui massacraient impitoya- blement tous ceux que le hasard faisait tomber dans leurs mains.

Nous restâmes vingt - cinq jours dans le port, entourés de canots armés qui nous gar- daient sous prétexte de la quarantaine. Quelle vie que la nôtre, pendant ce séjour! Cependant, lorsque nous at- tendions l'ordre de débar- quer, nous reçûmes celui de partir sur-le-champ, et de ne point aborder sur les terres de S. M. S. Nous côtoyâmes la Calâbre ; nous passâmes à la vue du détroit de Messine;

nous

nous n'avions pas de voiles,
mais le tems était devenu si
fort, que nous filions treize
nœuds ou milles par heure. A
chaque instant nous nous at-
tendions à perdre le gouvernail. C'est dans cette situation
que nous fûmes assaillis par
la plus affreuse tempête. La
mer devint si orageuse qu'il
fallut amarer le gouvernail,
et abandonner ensuite le pont,
où personne ne pouvait se tenir. Les coups de mer et le
vent enlevèrent des malles,
des caisses, et deux petites
pièces de canon qui s'y trouvaient. Le gouvernail fut emporté; matelots et passagers,

7

nous étions tous réunis à fond
calle, les marins jetés à plat
ventre, invoquaient tous les
saints avec des cris affreux ;
faisaient leur confession à
haute voix, et finissaient par
conclure qu'ils ne méritaient
point de périr.

J'étais souffrant plus qu'il
n'est possible de l'imaginer ;
vous avez éprouvé de violens
maux de tête dans ces mala-
dies aigües, où l'on est en
proie au plus grand délire ;
eh bien ! ce n'était que le
moindre de mes maux. Jeté
d'un côté du vaisseau à l'autre,
avec une force terrible, il

m'échappait des cris douloureux que je n'entendais pas
moi-même dans la confusion
et le désespoir général. Nous
étions au milieu du jour, et
cependant nous n'apperce-
vions pas la moindre lueur ;
les vagues qui grondaient der-
rière et bien au - dessus de
nous, tombaient ensuite comme le tonnerre sur le pont.
Nous les entendions à chaque instant rouler sur nos
têtes, et faire plonger le bâtiment. Le capitaine était à
côté de moi, il ne se lamentait point, il tâchait de me
consoler, mais de tems en tems
je sentais ses larmes tomber

jusques sur ma main ; enfin
des coups de tonnerre multipliés firent briller sur le pont,
une clarté qui dura plusieurs
secondes ; les vagues tombèrent avec un fracas si épou-
vantable, que nous jetâmes
tous des cris d'effroi ; le bateau était entr'ouvert, nous
sentions des planches, des
morceaux de poutre tomber
auprès de nous ; ce ne pouvait être que des débris du
bâtiment, puisqu'il n'y avait
plus rien sur le pont. A peine
ce bruit avait-il cessé, que
l'eau nous gagna, et nous en-
toura ; nous crûmes toucher
à notre dernier moment, de

tous les côtés du bâtiment on
se disait adieu. Je me levai
sentant encore le bateau sous
mes pieds, j'avais de l'eau jusqu'à la moitié du corps ; le
pont était entr'ouvert, je pus
voir distinctement cet horrible moment ; les vents furieux continuaient à déman-
tibuler notre mât ; les nuages
noirs volaient avec rapidité,
et formaient un cercle autour
du bâtiment. La mer, d'une
blancheur éclatante, tombait
du haut du mât, tant les vagues s'étaient élevées ; nous
nous enfoncions à chaque instant, incertains si nous remon-
terions ; nous surnagions en-

suite. Le pourtour du bâtiment brisé, et ne s'élevant
que de quelques pouces au-
dessus de l'eau, nous avertis-
sait que nous n'étions pas
encore noyés. Quel affreux
spectacle ! L'horison étroit et
noirâtre, sillonné par les traits
enflammés de la foudre, con-
trastait avec l'écume des flots ;
la rapidité des nuages semblait annoncer que nous n'é-
tions plus sur la terre, mais
dans un tourbillon horrible.
Cependant un feu céleste s'ar-
rête sur le haut du mât ; c'est
le feu Saint-Elme, s'écrie-
t-on de toutes parts, c'est la
fin de la tempête. Aussitôt

l'espoir renaît, chacun forme
des vœux ; je n'en fis point;
il me semblait impossible d'é-
chapper à la mort : si une vague de plus était tombée sur
le vaisseau, le pont ayant été
ouvert, c'en était fait de nous,
le bâtiment était englouti.......
Les vagues tombèrent encore
furieuses jusqu'au bord du bâtiment, mais passèrent au-
dessous; peu à peu elles de-
vinrent moins fortes; l'horison s'agrandit, les nuages
s'élevèrent et reprirent leur
place, les vents qui s'étaient
concentrés autour de notre
frêle barque, s'étendirent au
loin ; nous ne savions où nous

nous trouvions , lorsque la
terre nous apparut très-près de
nous ; c'était la Sicile , nous
n'en étions qu'à quelques
lieues , nous avions l'espoir
d'y arriver , une partie du mât
et la pompe nous étaient res-
tés , mais le gouvernail était
perdu. On jeta une poutre, au
bout de laquelle on amarra
des cordes , et avec cela on
parvint à gouverner à-peu-
près ; on vida le fond de calle
aussi bien qu'on put, on ra-
justa les planches du pont ;
enfin , nous approchâmes de
la côte ; nous abordâmes à l'a-
bri d'un cap près le détroit de
Messine ; il ne nous restait

point d'ancre ; les marins su-
rent faire échouer le bâtiment
dans le sable , nous nous trouvâmes à terre. Nous nous ré-
fugiâmes sur un rocher avec
les armes que nous avions pu
sauver ; les débris de notre
bâtiment nous chauffèrent, et
c'est ainsi que nous passâmes
la nuit. Quand tout le monde
fut endormi je me livrai à
mes réflexions ; je me rappe-
lai que peu d'heures aupara-
vant j'avais desiré d'avoir une
arme. Si j'avais pu en tenir
une , sans doute je me serais
détruit ; je ne pouvais plus supporter ma situation , la tempête dura dix heures : dix heu-

res d'agonie ! Sur un bateau si petit , si vieux , si frêle , pourrais-je espérer de ne pas périr ? Alors que j'étais assis tranquillement sur un rocher, bravant la mer et l'orage, cette idée était bien loin de moi.

Quelle heureuse nuit je passai ! J'entendais au pied de la montagne , le bruit régulier et continuel des vagues ; la mer était presque calme , le ciel couvert ; mais l'air doux et la lune qui paraissait dans les intervalles des nuages, donnaient au tems un air de sérénité que je n'avais pas espéré sitôt. Les aboiemens des chiens, les mugissemens des troupeaux se faisaient entendre dans le lointain. Que mes sensations me semblaient alors douces et aimables !

Le lendemain matin nous appelâmes des bergers ; nous envoyâmes une lettre au gouverneur de Messine ; on vint nous reconnaître ; on vérifia notre patente, et on nous accorda l'entrée dans la ville comme prisonniers de guerre. La quarantaine de vingt-cinq jours que nous avions faite, parut suffisante ; nous apprîmes qu'on avait massacré un grand nombre de nos compatriotes ; nous rendîmes grâces à notre étoile qui, nous laissant prisonniers de guerre, nous mettait par-là même à l'abri des insultes de la populace.

Cependant nous sollicitâmes notre échange auprès des généraux français à Naples; nous l'obtînmes, et je fus bientôt à Paris.

Je ne pris aucunes informations sur ma route. Comme j'étais agité en approchant ! Ce frémissement d'incertitude que je trouvais si pénible, combien je le trouverais aimable aujourd'hui, que la triste vérité m'est connue, que je ne puis presque plus douter d'avoir perdu Sophie !

Depuis mon retour j'habite cet hermitage, en proie à un desir violent que je ne puis satisfaire, celui de chercher ma Sophie ; mais où la trouver ? Elle est partie depuis un an de Boston, et le bâtiment qui la portait n'est point arrivé en Europe. On assure qu'il n'a point péri ; mais, où est-il donc ? Je ne puis avoir d'autres renseignemens. On me dit d'espérer, mais rien n'est pénible comme l'impatience, rien n'est aussi impatientant qu'un espoir trompeur. Mes jours, quoique tranquilles, se

passent donc tristement. Je
suis jeune encore, me dites-
vous ; hélas ! l'est-on après tant
de peines et sans consolation ?
Que me fait ma jeunesse, si
depuis que je suis au monde
je n'ai connu que le malheur ?
L'avenir est perdu pour moi,
et je ne trouve dans mes souvenirs et dans mes sensations,
que des motifs de chagrins,
et nulle part l'espérance.

Le bonheur de ma sœur, la
vue de mes parens, m'est
souvent nécessaire, mais je
ne puis soutenir constamment
l'aspect de leur joie ; il me
semble qu'ils sont insensibles
à ma douleur, et que je serais

ingrat envers les bons amis
que j'ai perdus, si je cherchais
à les oublier. Aussi l'hermitage où je suis sera toujours
mon séjour favori, et aura toujours la préférence sur Paris.
Je puis y rester sans être
insensible à l'amitié de mes
parens , leur bonheur seul
me console ; mais la vue de ce
que je ne puis obtenir, me
rappelle trop le malheur de
ma situation.

F I N.

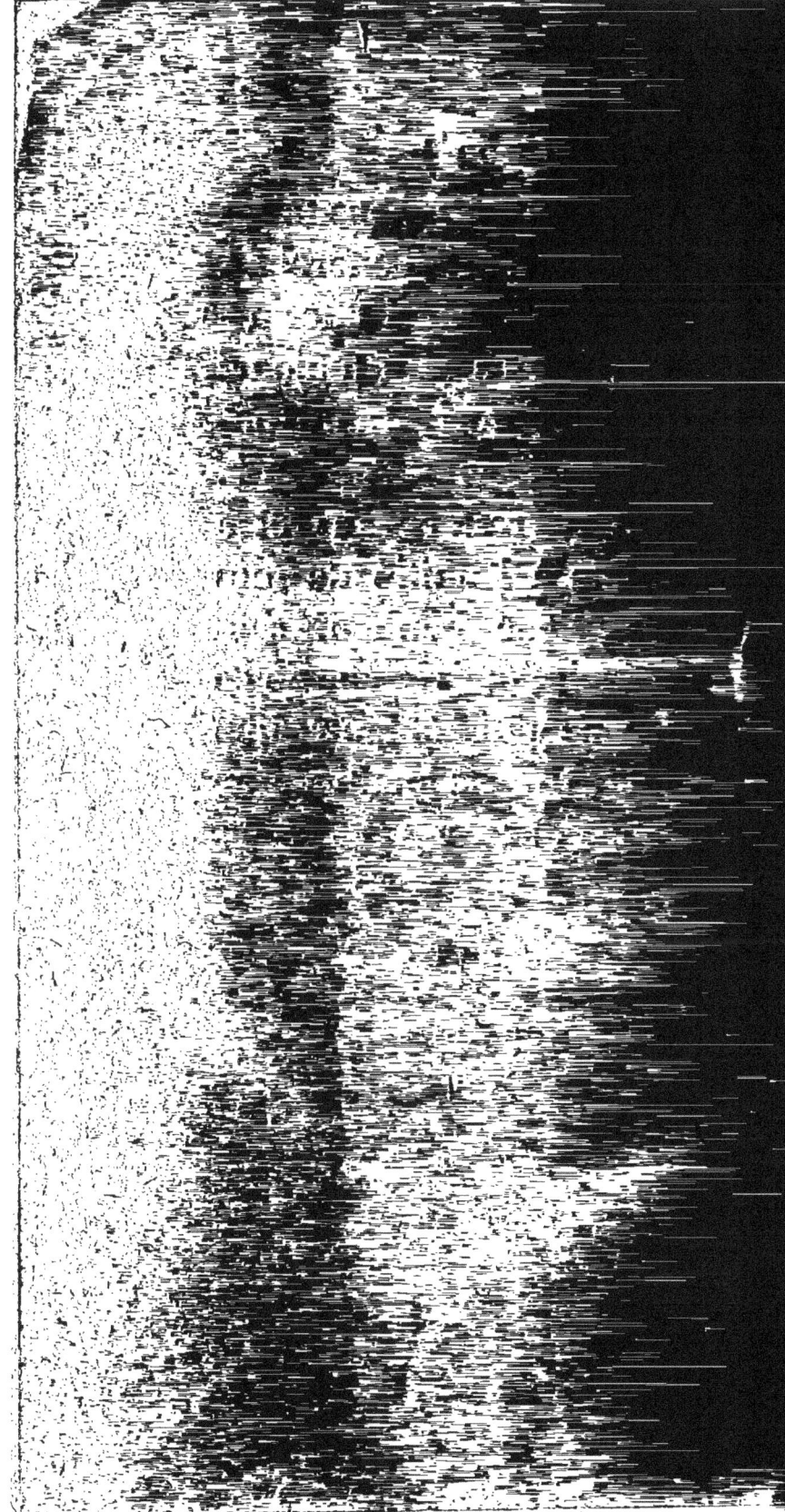

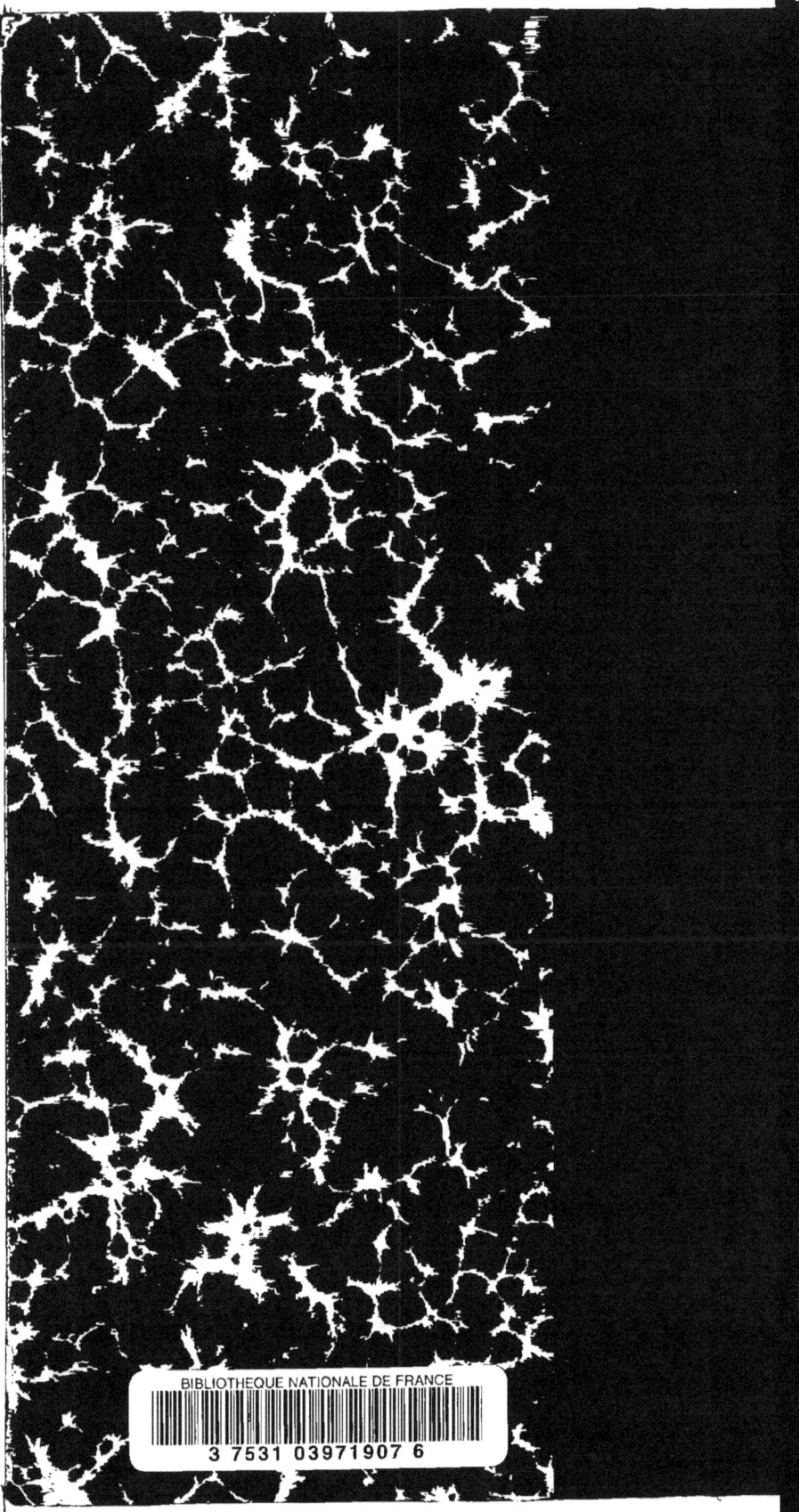

www.ingramcontent.com/pod-product-compliance
Lightning Source LLC
Chambersburg PA
CBHW070903030726
47504CB00005B/1444